TAKE
SHOBO

人間不信な王子様に嫁いだら、執着ワンコと化して懐かれました

葉月エリカ

Illustration
Ciel

蜜猫
MitsuNeko

人間不信な王子様に嫁いだら、執着ワンコと化して懐かれました

contents

イラスト／Ｃｉｅｌ

人間不信な王子様に嫁いだら、執着ワンコと化して懐かれました

プロローグ　湖上の戯れ

ゆるやかな波紋が広がる湖面は、秋晴れの空をそっくり映した、巨大な鏡のようだった。

澄んだ天色《あまいろ》に染まった水の上に、一艘《そう》の小さなボートが浮かんでいる。

「ほら、ティルカ。しっかり漕《こ》いで」

「む……無理です……ルヴァート様……」

耳元で囁《ささや》かれる甘い声に、ティルカは息を弾《はず》ませながら答えた。

その手はさっきまで、二本の櫂《オール》を摑《つか》んでいた。

ボート遊びなどするのは初めてだとはしゃぐティルカに、ルヴァートが手を添えて漕ぎ方を教えてくれていたのだ。

が、今のティルカは、口元を押さえて悩ましい声が洩《も》れるのを塞いでいる。

ティルカの体を背後から抱《かか》え込んだルヴァートが、ドレスの上からやわやわと、胸の膨らみを撫《な》で回しているせいだった。

乳房の頂でしこった蕾《つぼみ》が、焦げ茶と臙脂《えんじ》が細いストライプになった布地を、ぷくりと押し上げている。

その尖《とが》りを指の先できゅっと絞りあげられ、鳩尾《みぞおち》の下に切ない痺《しび》れが生じた。

榛色《はしばみ》の瞳を潤ませ、ティルカはルヴァートを振り返った。

「こんな、外なんかで……やめてください、お願いですから」

「本当に嫌だと思ってる？」

からかうように尋ねるこの国の第一王子は、今日も人間離れして美しかった。

白とも見紛《みまご》うプラチナブロンドに、透き通った紫水晶そのものの瞳。

やや女性的で繊細な目元や、品のある鼻筋や唇の造形を見れば見るほど、その身に流れる血の高貴さがありありと感じられる。

しかし、そんな彼の口から飛び出すのは、清廉《せいれん》な見た目を裏切る淫らな言葉だ。

「僕が摘《つま》んでるここ、こんなに硬くなって尖ってるのに。きっとドレスを脱がせたら、熟した苺《いちご》みたいな色になってると思うな。――見てもいい？」

「駄目です……！」

戸外で胸を露出するなど、考えるだけでも眩暈《めまい》がする。

ここは人気《ひとけ》のない森の奥で、湖畔《こはん》には自分たちの暮らす別荘があるきりだが、その建物の中にはルヴァートの従者だっているのだ。

狩りの得意な彼は、きっと視力も極めて良いだろう。何かのきっかけで外に出てこられれば、遠目であっても何をしているかばれてしまう。

「じゃあ、こっちなら構わない？」

「っ……!?」

ルヴァートの手がドレスのスカートをたくしあげるのに、ティルカは狼狽《ろうばい》した。すんなりとした脚が剥《む》き出しになり、レース飾りのあしらわれたドロワーズまで丸見えにされてしまう。

用足しのため、股間部分に穴の空《あ》いた婦人下着は、このような戯れの前ではいかにも無力だ。布の割れ目から忍び込んだルヴァートの指が、秘めておくべき大切な部分をくすぐるようになぞった。

「やぁっ、やめて……――!」

「おとなしくして。あんまり暴れると、ボートがひっくり返るよ」

もがくティルカを、ルヴァートは宥《なだ》めるように抱きしめた。

木製の小舟は確かにゆらゆらと大きく揺れていて、水中に放り出されることを恐れたティルカは、そのまま動くことができなくなった。

「そう。いい子だね」

「あ……そこ……ん、ぁあ、はあっ……」

指先でこりこりと左右に揉《も》まれる官能の花芽《はなめ》が、充血して起きあがるのがわかった。

そこを捉《とら》えられてしまうと、もはやどうしようもなくなる。秘玉《ひぎょく》の下の窪《くぼ》みからぬめりをすくって塗りつけられ、円を描《えが》くようにくちくちと弄《いじ》られれば、なおのこと。

「あああんっ……――！」

秘処《ひしょ》への刺激を加えながら、ルヴァートはティルカの赤毛を掻《か》き分《わ》け、敏感な項《うなじ》を舌でなぞった。

ざわっと快感が走ったところで、二本の指が媚肉《びにく》のあわいに予告もなく埋められる。

「やっ、入れちゃ……んっ、あ、あああっ……」

「熱いね……僕の指、溶けそう」

しとどに濡《ぬ》れた蜜洞《みつほら》の感触を確かめるように、ルヴァートはつぷつぷと中を擦った。襞《ひだ》という襞をまさぐる指の動きに、うずうずする愉悦が背筋を這《は》いあがってくる。

初めはゆっくりだった往復が速度を増して、ぐじゅぐじゅと淫靡《いんび》な水音が響いて、その音にすら劣情を煽《あお》られて。

「あっ、やだ……いやいや、ぁあああぁんっ……――！」

なんとも罪深いことに、晴れ渡った空の下で、ティルカの体は悦楽の極みにびくびくと痙攣《けいれん》した。

透明な糸を引く指を抜きながら、ルヴァートがふふっと笑う。

「もう達《い》ったんだ。いつもよりずっと早くない？」

「っ……これ以上は、やめてください……お願い……」

「無理だよ。そんなにも色っぽい顔をしたティルカを前にして、我慢できるわけがない」

悪びれず言い切ったルヴァートは、ティルカの腰をわずかに浮かせた。

ずっとお尻に当たっていた熱い肉塊が、ドロワーズの隙間から蜜壺目がけて、ずぐりと押し入《い》ってくる。

「う……ああ、はっ、ぁあ……――っ！」

狭い場所をぬぷぬぷと擦りあげられる感覚に、ティルカは細い喉を反《そ》らした。

「――入るものなんだね。こんな姿勢からでもさ」

屹立《きつりつ》した雄茎《おすぐき》を埋《うず》めきったルヴァートが、熱い息をついた。

「ねっとり纏《まと》わりついて、締めつけられて……いつもながら堪《たま》らないな。思い切り突き上げたいところだけど、転覆するのは避けたいしね」

独りごちるように言って、ルヴァートは再び櫂を握った。

「ゆっくり漕ぐよ」

「え⁉　やだ……あああっ……！」

湖の中央で停《と》まっていたボートが、ぐるりと舳先《へさき》を変えて進み出した。

体の中心に突き立つ肉棒が、船の揺れに伴い、秘裂《ひれつ》の奥を緩慢に摩擦する。

いつものような激しい抽挿《ちゆうそう》には及ばないものの、予想もしなかった形での淫戯《いんぎ》に、ティルカの肌は粟立《あわだ》った。

「ああぁっ、やっ……こんな、ひどい……っ」

「ひどいことなんて何もないよ。将来を誓った婚約者と、誰憚《はばか》ることなく愛し合ってるだけなんだから」

ゆったりと櫂を漕ぎながら、ルヴァートは詭弁《きべん》を弄《ろう》した。

ぬぐり、ずりゅりと膣道を擦られて高まる性感が、甘ったるい嬌声《きようせい》を迸《ほとばし》らせる。

「やっ、あ……ふぁっ、あぁぁっ……！」

「もっと啼《な》いて、ティルカ」

背筋をぞくぞくさせる低い声が、耳孔《じこう》に直接吹き込まれた。

「その声は、僕をとんでもなく興奮させるんだ。――こうして君を抱けるようになる、ずっと前から」

感慨深げな呟《つぶや》きに、ティルカの胸はほろ苦く疼《うず》いた。

（そう――ルヴァート様は、やっと元気になられて……私も、こんなふうに愛していただけるようになって――……）

以前は、決して叶《かな》わないことだと諦めていた。

思いもしない不幸に見舞われ、王都から離れたこの地に隠遁《いんとん》したルヴァートは、一時はあらゆる未来を諦めるほど投げやりになっていたのだ。

それでも今は健《すこ》やかさを取り戻し、全身で想《おも》いを伝えられる喜びを享受している。

理不尽な運命を耐え忍び、鬱屈していた時期の反動だと思えば、度の過ぎた悪戯《いたずら》も大目に見るべきなのかもしれない——。

そんな言い訳のもと、体の芯に響く甘美な喜悦に、ティルカはきりもなく蕩《とろ》けさせられていくのだった。

第一章　身代わりの花嫁

物心ついたときから、ティルカは自分が孤児である理由を知っていた。

様々な事情で実の親と暮らせない子供が、孤児院にはたくさんいた。その中でも年長の子供たちが、ティルカがここに来たときの様子を話してくれたからだ。

『院長先生が赤ん坊のティルカを連れてきたのは、とても寒い冬の日だったわ』

『近所の食堂で働いてたアンナって女の人が、風邪をこじらせて亡くなったって。彼女には小さな子供がいて、他に誰も面倒を見る人がいなかったからって』

『もともとアンナは、ある貴族のお屋敷でメイドをしてたんだ。そこの旦那様のお手つきになって身籠《みごも》って、怒った奥様がアンナを追い出したらしいよ』

つまりティルカは、若いメイドが気まぐれに無体を働かれた挙句、生まれてしまった私生児だった。

亡き母親には同情するが、自分自身の境遇について、特に悲観したことはない。

少なくともティルカは、口減らしのために捨てられたわけでも、ひどい虐待を受けて心身に傷を負ったわけでもなかった。両親がいない寂しさは人並みに感じたけれど、思い出らしい思い出がない分、むしろさっぱりと割り切れた。

自分の居場所はこの孤児院で、仲間と助け合って生きていくのだ――と。

やがて成人年齢の十八歳を迎えるにあたり、院の決まりに従って、ティルカは自立の道を強《し》いられた。ちょうど折よく、隣町の商家が住み込みの子守りを募集しており、面談の結果そこで働けることが決まった。

子供が小さいうちは住み込みで、三度の食事も提供される。孤児院育ちのため、年下の子の面倒を見ることは慣れていたから、これ以上の好条件はないと言えた。

要するに、ティルカは現状になんの不満もなかった。

この先、とびきりの幸福や贅沢《ぜいたく》を味わうこともないだろうが、身の丈にあった生活をして、平凡で慎《つつ》ましい人生を全《まっと》うするのだと思っていた。

いよいよ孤児院を出ていく春の日、これまで世話になった礼を伝えるべく、院長室に向かうまでは。

「院長様、ティルカです」

ノックをして部屋に入ると、高齢の女性院長は、いつもの執務机ではなく応接ソファに腰掛けていた。

どうやら来客中だったらしく、院長の向かいに座っていたラウンジスーツ姿の男性が、ステッキをついて立ち上がった。

「失礼しました」

ティルカは慌てて謝った。

「お客様がいらしていたとは知らなくて……すみません、出直します」

「いいえ。この方はあなたを訪ねていらしたのよ」

退室しようとしていたティルカは、院長の言葉に足を止めた。

（誰かしら？　全然知らない人だけど……）

つかつかと歩み寄ってきた男性は、ティルカの顔を穴が空くほどに眺めた。

ティルカもまた、必然的に彼を見つめ返すことになる。

頭に交じった白髪《しらが》の量からすると、年齢は六十にもなろうとする頃だろうか。身に着けている服は立派なのに、猫背で小柄な体格のせいで、どことなく貧相に見える。

しばらくティルカを観察したのち、彼はふうっと息をついた。

「――なるほど。その赤毛も、榛色の瞳も、どこか間の抜けた狸顔なところも、あのアンナにそっくりだ。間違いなく君は彼女の娘だな」

唐突に母親の名を出されて、ティルカは面食らった。

そうして続けられた言葉に、ぎょっとして息を呑《の》む。

「つまり君は、儂《わし》の血を継いだ娘でもあるということだ」

「その方は、ゴードン・グランソン伯爵。この地方を治める領主様よ」

院長に言われて、ティルカはますます狼狽《うろた》えた。

自分の父親が貴族らしいということは知っていたが、領主だというのは初耳だし、今頃になって現れるとは一体どういうつもりなのか。

「偶然にも今日、あなたを迎えにいらしたの。正式な娘として認知して、お屋敷に引き取りたいとおっしゃるんだけど……」

「でも、院長様。私、明日から子守りのお仕事が」

「そんな仕事などどうでもいい」

ゴードンは切って捨てるように言った。

そこから一転、妙に優しい猫撫《ねこな》で声で、懐柔《かいじゅう》するかのように囁きかける。

「儂と一緒に来れば、君にはもっと素晴らしく、幸運な未来を約束しよう」

「幸運な……未来？」

「ああ。ここだけの話だがな」

ゴードンは声をひそめ、ティルカの耳元に告げた。

「君は我がグランソン家の令嬢として、高貴なるお方に嫁ぐのだ。——この国の第一王子であらせられる、ルヴァート殿下のもとにな」

その名を聞いた瞬間、ティルカは瞳を見開いた。

（私が、ルヴァート様の花嫁に……？）

何かの冗談か間違いだろうと思う反面、憧れの人の名を耳にして、心臓がとくんと甘い鼓動を打った。

◆　◆　◆

それからの出来事は、あまりにも目まぐるしく過ぎた。

孤児院の仲間たちに別れの挨拶をすることもままならず、父親だというゴードンの屋敷へ、ティルカは強引に連れていかれた。

初めて足を踏み入れる貴族の邸宅には圧倒されたが、壮麗な玄関ホールも、きらびやかな装飾品が飾られた長廊下も、ティルカが目にしたのは二度だけだった。

やってきたときと、出ていくとき。その間《かん》ちょうど一ヶ月。

何をしていたのかと問われれば、ゴードン言うところの『花嫁修業』――しかしその実態は、問答無用の軟禁生活に等しい。

与えられた部屋から出ることは決して許されず、教育係を名乗る侍女や、世話役のメイドとしか顔を合わせることはなかった。

叩《たた》き込《こ》まれるのは最低限の食事のマナーや、淑女としての礼儀作法。

『付け焼き刃だろうが、何もしないよりはマシですから』との主張のもと、荒れた髪に香油を擦り込まれ、良い香りのするシャボンで肌を磨き立てられる。

ここにきてティルカはようやく、ゴードンの言葉が冗談でも間違いでもないことを悟った。どういう経緯《いきさつ》かは知らないが、彼は本気で、ティルカをこの国の王子のもとに嫁がせるつもりなのだ。

(どうして私が？　貴族として育ったわけでもないし、美人ってわけでもないのに……)

混乱したティルカは、歳《とし》の近いメイドを必死で掻《か》き口説《くど》き、ようやく口を割らせた。

断片的な情報しか得られなかったが、この縁談はもともとゴードンの一人娘――ティルカにとっては異母姉にあたる人物のところに来ていたものだったらしい。

だが異母姉はどういうわけか、ルヴァートとの結婚を嫌がった。

一年前に婚約が内定したときは、有頂天で周囲に自慢をしていたというのに、あるときから急に『あんな方のもとには嫁げません！』と泣き喚《わめ》くようになったのだという。

その理由を、メイドは明かしてくれなかった。意地悪で話してくれないのではなく、当事者の異母姉やゴードン以外、本当に誰も事情を知らないようだった。

しかし、これは由緒正しき政略結婚だ。いまさら婚約解消をすれば角が立つ上、この先のグランソン家の立場も危うくなる。

そこでゴードンが思い出したのが、かつて気まぐれに手をつけたメイドの子の存在だった。

性別は女だし、年齢も十八歳とちょうどいい。

姉が重い病気にかかったことにして、妹のティルカを代わりに輿入《こしい》れさせれば、どうにか体面は保《たも》てるだろう――という計画らしかった。

が、それでも釈然としない疑問は残る。

いくらティルカがゴードンの娘でも、母親は単なる一庶民だ。

孤児院育ちであることも、ティルカ自身は恥じてはいないものの、世間的には外聞《がいぶん》が悪いし調べればすぐにわかることだ。相手方はそれでいいと了承するものだろうか。

わけがわからないままに時が過ぎ、再びゴードンと対面したのは、ティルカが屋敷を出ていく日――すなわち、ルヴァートのもとへと嫁がされる日のことだった。

「おお、見違えたぞ！　ずいぶん垢抜《あかぬ》けたじゃないか、ティルカ！」

ひと月ぶりに顔を合わせたゴードンは、ティルカの「仕上がり」に満足げな様子だった。

ティルカが身に纏《まと》っているのは、淡い山吹色のコルセットドレスだ。背中に通された編み上げリボンを、侍女がきりきりと締め上げたせいで、ほっそりとした肢体《したい》がことさらに強調されている。

腰から下はたっぷりと布地を重ねたティアードスカートで、ケーキのクリームをデコレーションしたようなレース飾りがあしらわれていた。

色味の強い赤毛は一部を清楚《せいそ》な編み込みにして、あとは背中に流されている。

耳元には、髪の色と合わせた紅玉髄《カーネリアン》のイヤリング。首周りには、小粒な真珠を三連に繋《つな》いだ可憐《かれん》なチョーカーをつけていた。

どれもとびきりの高級品であることは明らかで、身動きするたびにドレスをひっかけてしまわないか、アクセサリーを落としはしないかとはらはらする。

「絶世の美人というわけじゃないが、健康的だし愛嬌《あいきょう》のある顔だ。儂がアンナに惹《ひ》かれたのも、その天真爛漫《てんしんらんまん》な魅力のせいだった」

「あの、グランソン伯爵……――」

「何を水臭い。父と呼んでおくれ、ティルカ」

調子のいいゴードンに、ティルカは呆《あき》れた。

彼が本当に母を愛していたのなら、生活の面倒を見るなり、ときどきは会いに来るなり、それなりの誠意というものがあったはずだ。

(でも今は、そんなことを言ってる場合じゃないわ)

不遇に死んでいった母には悪いが、過去の恨みつらみを述べるよりも、大切なのは今後のことだ。

「私は本当にルヴァート様と結婚するのですか」

「するともするとも」

「花嫁が変更になったことを、先方は納得されているのですか」

「されているともいるとも」

ゴードンはうんうんと頷《うなず》くが、あまりに軽すぎて信頼できない。

「それに、院長から聞いたぞ。お前とルヴァート殿下は、すでに知らない仲ではないらしいじゃないか。あの孤児院に、殿下は毎年必ず慰問にいらしていたのだろう？　さすが、心優しく慈悲深いと評判の第一王子だ」

「それは……」

ティルカは口ごもった。

面識があるといえばそうだし、個人的に話をしたこともあるけれど、ルヴァートはきっとティルカのことなどなんとも思っていないだろう。

「さぁ、娘よ。殿下のもとへ向かうぞ」

ゴードンにいそいそと背中を押されながら、初めてルヴァートと言葉を交わしたときのことを、ティルカはぼんやりと思い返した。

◆　◆　◆

子供の頃、ティルカが一年で最も心待ちにしていた日は、聖夜祭の当日だった。

今から千年以上も昔に、この世に神の子が誕生したことを寿《ことほ》ぐ聖夜祭。

院長や仲間たちとささやかなご馳走《ちそう》を食べたり、手作りのプレゼントを贈りあったりするのも楽しみだったが、その日が特別だった理由は他にある。

年に一度、フェルドナ王国の国王一家が、孤児院の慰問に訪れる日だったからだ。

穏やかな物腰の王様と、輝くばかりに美しい王妃様。

そして二人の見目麗しい王子様が、親のない子供たちのために、絵本や玩具《おもちゃ》やお菓子などを寄付しにやってきてくれる。

その中でも、ティルカが見つめるだけでどきどきしてしまうのは、第一王子のルヴァートだった。

第二王子のアティウスも顔立ち自体は整っていたが、プライドの高い彼は、どうしてこんな貧乏臭い場所に来なければいけないのかとばかりに、終始不貞腐《ふてくさ》れた態度をしていた。

それに比べ、ルヴァートはいつでもにこにこしていて、孤児たちにも気さくな態度で接してくれる。小さな子供たちが鬼ごっこに誘ったり、飛びついて抱っこをせがんだりしても、嫌な顔ひとつせずにつきあってくれた。

あれは、ティルカが十歳のときだっただろうか。

国王一家がもうすぐやってくるというのに、ティルカは孤児院の裏庭で立ち往生していた。

どこからかミャアミャアと鳴き声がすると思ったら、楡《にれ》の木に登って降りられなくなっている子猫を見つけてしまったのだ。

『大丈夫よ、おいで。受け止めてあげるから、飛び降りて』

精一杯に背伸びをし、両手を伸ばして訴えるが、怯《おび》えきった茶トラの子猫はうずくまって震えるばかり。

誰か大人を呼んでくればいいのだが、今は準備で忙しく、それどころではないだろう。

しかし慰問が終わるまで、子猫をこのままにしておくのは忍びなかった。冬の戸外は寒々しく、空は曇ってもうすぐ雨まで降ってきそうだ。

（そうだ。梯子《はしご》があれば……！）

庭掃除をするときのために、用具を納めた物置がある。

その中に梯子がしまわれていたことを思い出したティルカは、子猫に励ましの声をかけた。

『待っててね。すぐに助けてあげるから』

『――助けてあげるって、誰を？』

背後からの問いに、振り返ったティルカは息を呑んだ。

淡いプラチナブロンドを肩に零《こぼ》した、人形のように綺麗《きれい》な少年が歩み寄ってくるところだった。

色のない冬枯れた庭が、それだけで光が溢《あふ》れたように華やぐ錯覚に陥る。

『ルヴァート様……──』

呆然《ぼうぜん》と呟いたティルカは、慌てて深く頭を下げた。

もう来ていたのかという思いと、どうしてここにという疑問が、脳内でぐるぐる回る。

『出迎えの顔ぶれの中に、君がいなかったから、どこに行ったのかと思って探しにきたんだ』

『えっ……』

礼儀も忘れて、ティルカは思わず顔を上げた。

この孤児院には三十人近くもの子供がいるし、ルヴァートが慰問に回る施設は、ここだけではないはずなのに。

『私のこと、覚えていらっしゃったんですか？』

『うん。だって、毎年会いに来てるから。話をするのは初めてだね、ティルカ』

当たり前のように言って、ルヴァートはにこりと微笑《ほほえ》んだ。

畏《おそ》れ多さと感動のあまり、ティルカはその場にへたり込みそうになった。

天上人のように美しい王子様に、存在を認識されていたばかりか、名前まで知ってもらえていたなんて。

『それで、助けてあげるっていうのは？』

『ね……猫です。あの、木の上に、その、降りられなくなってて』

ティルカが指差す先を見て、ルヴァートは事態を呑《の》み込んだらしい。

『なるほどね。あれくらいの高さなら――……』

ティルカは目を疑った。

上着の袖を軽くめくるや、ルヴァートは木の幹に全身で飛びついた。瞬《また》く間にするすると登っていき、枝の先で固まる子猫に手を伸ばす。

『よしよし。助けに来たぞ――っと……！』

『きゃあっ！』

ティルカは悲鳴をあげて目を覆った。

恐怖でパニックになった子猫が、ルヴァートの手を反射的に引《ひ》っ掻《か》き、彼の体がぐらついたのだ。

『安心して。落ちてないから』

頭上からの声に、恐々と手を離して見れば、幹にしっかりと脚を絡めたルヴァートが笑った。

ようやく彼が敵ではないとわかったのか、子猫は大人しく首根っこを摑まれ、上着のポケットに押し込められた。

地面に降りてきたルヴァートに、ティルカは急いで駆け寄った。

『大丈夫でしたか……!?』

『うん、ただのかすり傷だから。――あーあ、恩知らずだね、あいつは』

ポケットから飛び出した子猫が、振り返りもせずに走り去ってしまう。

ティルカは懐からハンカチを取り出した。何度も洗いざらして毛羽立っているが、少なくとも清潔ではあるはずだ。

『これ、よかったら……』

『いいの？　汚れるよ』

遠慮するルヴァートの手に、ティルカは折り畳んだハンカチを巻きつけた。

こんなことをしていいのかと迷ったが、血の滲《にじ》んだ傷痕が痛々しくて、放っておけなかったのだ。

『あの子を助けてくださって、ありがとうございました』

『これくらい、気にしないで。別に君の猫ってわけでもないんだろう？』

彼自身は本当になんとも思っていないようだったが、貴《とうと》い王族に怪我《けが》までさせてしまった以上、ティルカの気はすまなかった。

『何かお礼を……といっても、差し上げられるようなものは持ってないんですけど』

『だったら、君を見込んでお願いがあるんだけど、聞いてくれる？　実はね──』

重大な秘密を告げるかのように、ルヴァートは声をひそめた。

『いつも慰問のお返しに、君たちがくれる手作りのクッキーがあるだろう？　とても美味しいし、楽しみにしてるんだけど……すりおろしたニンジンが入ってる分は、こっそり取り除《の》けておいてもらえないかな？　恥ずかしい話だけど、ニンジンだけは苦手なんだ』

真面目くさった顔で打ち明けられ、ティルカは目を白黒させた。

小さな子供は好き嫌いが多いものだが、ルヴァートはもう十三歳にもなるはずだ。

文武両道で知られ、将来は完璧な賢王になると期待される王子に、苦手な食べ物があるなんて――もしかしてこれは、彼流の冗談なのだろうか？　お礼をしたがるティルカに気を遣《つか》わせまいとして、わざと嘘《うそ》をついているのかもしれない。

真偽は不明だが、宝玉《ほうぎょく》にも似た紫の瞳に呑まれるように、ティルカはこくりと頷いた。

『……わかりました』

『ありがとう。助かるよ』

ぱっと破顔《はがん》したルヴァートの表情に、胸が苦しいほど騒ぎ出す。

自分とは別世界のはずの人なのに、こんなふうに親しげに笑いかけられたら、もっと話をしていたいと願ってしまう。

だが。

『まぁまぁ、ルヴァート殿下、こんなところに……。ティルカ！　一体何をしていたの⁉』

血相を変えた院長が駆けてきて、二人きりの時間は終わりになった。

手短に事情を説明したルヴァートは、ティルカを叱らないでほしいと庇《かば》ってくれた上に、

『僕がニンジンを嫌いなことは、二人だけの秘密だよ』

と小声で囁き、茶目《ちゃめ》っ気《け》に溢れた仕種《しぐさ》で片目を閉じてみせた。

——その瞬間、ティルカは生まれて初めての恋に落ちたのだ。

それからもルヴァートは毎年慰問に訪れ、何かと声をかけてくれた。

ティルカも彼との約束を守って、お土産《みやげ》用の袋に、ニンジンのクッキーは決して入れないようにした。

そうして月日は流れ、いつの間にか八年が経《た》った。

少年から青年へと成長したルヴァートは、その美貌をますます際立たせ、国中の女性を魅了しているといっても過言ではなかった。

正式な婚約こそまだだが、何人もの有力貴族の娘たちが、彼の花嫁候補にあげられているのだという。

そんな噂《うわさ》を聞いても、ティルカはずっと変わらずルヴァートのことが好きだった。

身分違いも甚《はなは》だしく、叶うわけもない恋ゆえに、逆に遠くから憧れ続けていられたのだ。

だから去年の聖夜祭を、ティルカは切ない気持ちで迎えた。

次の春には孤児院を出ていくことが決まっており、ルヴァートに会えるのはこれきりだった。

そう思うと何を話せばいいのかわからず、一週間も前からそわそわしていた。

だが結局、緊張は肩透かしに終わった。

慰問にやってきたのは、国王夫妻と第二王子のアティウスだけで、ルヴァートの姿はなかった。あいにくと体調を崩してしまい、今回は来られないとのことだった。

　ティルカはひどくがっかりしたが、これでよかったのかもしれないとも思った。

　これが最後だという気持ちで憧れの人に向き合えば、何かの拍子にうっかり想いが溢れないとも限らない。

　そんなことをして、あの優しい王子を困らせるくらいなら、醜態を晒《さら》さずにすんで幸いだった。そう自分を納得させた。

　ティルカの淡い初恋は、そうして終わりを迎えたはずだった。

　ルヴァートとの接点は完全になくなり、ティルカも孤児院を出て、新しい人生を歩んでいくつもりだった。

　――それなのに。

◆
◆
◆

（私がルヴァート様の花嫁だなんて、どういう運命の悪戯《いたずら》なの……？）

　物思いに耽《ふけ》っていたティルカは、馬車の窓から見える景色にふと違和感を覚えた。

（――森？）

　てっきり王都に向かうのだと思っていたのに、馬車は街道を外れて、鬱蒼《うっそう》と茂る木々の間を走っている。夕暮れの森は暗く、舗装されていない道の上で車輪は軋《きし》み、がたがたと不快な振動が腰に響いた。

「行き先はお城ではないのですか?」

向かいに座るゴードンに尋ねると、彼は落ち着きなく左右に目を泳がせた。

「うむ……それがな。ルヴァート殿下は今、この先の別荘にいらっしゃるのだ」

「別荘?」

「美しい湖畔の別荘だ。お前もきっと気に入るはずだ」

ゴードンの答えを、ティルカは不可解に思った。

気温の高い夏ならば、避暑のために別荘で暮らすことも考えられるが、今はまだ春なのに。

疑問を覚えるうちにも馬車は進み、やがてその別荘に辿《たど》り着《つ》く。

屋敷自体は瀟洒《しょうしゃ》で立派な建物だったが、周囲に人気《ひとけ》はまったくない。

湖とやらも確かにあったが、夕暮れの空を映したそれは、暗い茜色《あかねいろ》に染まっていた。晴れた昼間ならまた印象も違うのだろうが、どことなく不吉で心もとない気分になる。

(こんなところに、本当にルヴァート様が?)

見たところ警備の人間もいないし、こんな寂しげな場所で、彼は何をしているのだろう。

ゴードンが真鍮《しんちゅう》のノッカーを鳴らすと、ややあって現れたのは、赤銅色《しゃくどういろ》の髪を短く刈り込んだ青年だった。

ルヴァートほどではないが背が高く、彼よりもがっしりした体格をしている。

「お待ちしておりました、グランソン伯爵。そして初めまして、ティルカ様。俺はルヴァート殿下の乳兄弟《ちきょうだい》兼従者で、シオンと申します」

人好きのする笑顔で微笑まれたのち、恭《うやうや》しく頭を下げられて、ティルカはまごついた。

今の自分はゴードンの娘ということになっているが、他人から貴族令嬢として扱われることには、いまだに慣れないのだ。

「どうぞ、中へ。殿下がお待ちでございます」

シオンが屋敷の内へ招き入れる仕種を見せると、ゴードンは急にそわそわした。

「いや、儂はこれで失礼しよう。娘は確かに送り届けましたからな」

さっそく帰ろうとするゴードンに、ティルカは戸惑った。彼を父として慕っているわけではないが、こんな場面でいきなり一人にされては、さすがに心細くなる。

しかし止める間もあらばこそ、ゴードンは再び馬車に乗り込み、そそくさと去っていってしまった。

取り残されたティルカに向けて、シオンが苦笑する。

「不安なのはごもっともです。慣れないことばかりでお疲れでしょうしね」

「……シオンさんは、私のことをご存知なのですか？」

赤子の頃からの孤児院育ちであり、生粋《きっすい》の貴族の娘ではないことを。

含みを持たせて尋ねると、シオンは「ええ」とにこやかに頷いた。

「ですが、気にされることはありませんよ。この別荘には、殿下の他には俺しかいませんので、どうぞ気楽にお過ごしください」

ティルカはますます当惑した。

王宮に比べればこぢんまりとしたものだろうが、部屋数はそれなりにありそうな広い屋敷だ。メイドや下働きの人間がいないのだとしたら、誰が掃除をしたり料理を作ったりするのだろう。

ティルカの疑問を見透かしたかのように、シオンが言った。

「お口に合うかどうかはわかりませんが、お食事は俺がご用意させていただきます。何か苦手な食材はありますか？」

「いえ、そんな、お気遣いなく」

清貧を余儀なくされる孤児院では、出されたものはなんでも感謝して食べることが美徳だったから、ティルカに好き嫌いはない。

「でしたら助かります。我が主《あるじ》はいい歳をして、いまだにニンジンが食べられないと我儘《わがまま》をおっしゃいますので。まったく、子供かって話ですよ」

肩をすくめるシオンに、ティルカは二重に驚いた。

従者であるはずの彼が、主人のことをさして敬っている様子ではない点がひとつ。

もうひとつは、ルヴァートのニンジン嫌いが、冗談ではなく本当だったらしい点だ。

「突然こんなところに連れてこられて、困惑されているでしょうね」

シオンの口ぶりには、心からの同情と労《いたわ》りが滲《にじ》んでいた。

「いろいろと疑問に思うことはあるでしょうが、まずは殿下とお会いになってください。細かい事情については、のちほど俺からお話しいたしますので」

「……はい」

わからないことだらけだったが、このシオンという青年は信用できる気がした。

ティルカは彼のあとについて、ルヴァートの私室に向かった。

屋敷は二階建てになっていたが、目的の部屋は一階の廊下の突き当たりにあった。

「ルヴァート殿下。ティルカ様をお連れしました」

樫《かし》の一枚扉をノックし、シオンが声をかける。

いよいよルヴァートと顔を合わせるのだと、ティルカは緊張して背筋を伸ばした。去年の聖夜祭には会えなかったから、およそ一年半ぶりの対面だ。

(あのときは具合が悪いということだったけど、お体はよくなられたのかしら?)

だが、いくら待ってみても、部屋の中から返る声はない。

「返事がありませんね。——眠っているのかな」

独りごちたシオンが扉を開けた瞬間だった。

シオンの顔面目がけて、部屋の奥から何かが勢いよく飛んできた。

「うおっと……！」

仰《の》け反ったシオンが、間一髪のところで投げられたものを受け止める。

よく見れば、それは銀製の水差しだった。幸いにも中身は空のようだが――。

「あっぶないですね！　これ、当たり所が悪ければ死にますよ⁉」

「この部屋には誰も入れるなと言ったはずだ。主人の命令を守らない従者には、妥当な仕打ちだろう？」

そう吐き捨てた人物が、長年憧れ続けた初恋の相手であることを、ティルカはとっさに呑み込めなかった。

（ルヴァート……様？　――本当に？）

苛立ちを隠そうともしない、不機嫌な声音。

いきなり人に物を投げつける乱暴な態度。

それらの言動は、ティルカの知る優しくて親切なルヴァートとは、あまりにもかけ離れていたし――何よりも。

（あれは……――？）

ギッ……と床の軋む音が響いた。

左右の車輪に手をかけたルヴァートが、無表情でティルカに向き直る。

彼が座っているのは、怪我人《けがにん》や病人が乗るような車椅子だった。

記憶にある姿よりも明らかに面《おも》やつれしたルヴァートを、ティルカは挨拶することさえ忘れて見つめた。

「久しぶりだね、ティルカ」

名前を呼ばれ、ティルカははっとした。

以前のように朗《ほが》らかに話しかけてもらえるのかと、一瞬期待したが甘かった。

「まさか、こんな形で会うことになるとは思ってなかったよ。その様子だと、グランソン伯爵からは何も聞いていないみたいだね」

形の良い唇が皮肉に歪《ゆが》む。

飛び抜けた美貌の持ち主がそんなふうに笑うと、誇張でなく空気が凍ることを、ティルカは身を持って知った。

「姉上だけじゃなく、身代わりの花嫁にまで逃げられちゃたまらないと思ったからだろうけど……君にしてみればひどい話だ。同情するよ」

「あ……あの！」

ティルカは思わず口を挟んだ。

「私、何も知らなくて……どこかお加減が悪いのですか？」

「――死んだんだよ」

ぞくりとするような言葉を発し、ルヴァートは自《みずか》らの膝に触れた。

「僕の腰から下は、もう二度と動かない。血は通ってるけど、生きてはいない。忌々《いまいま》しい事故に遭《あ》って、この有り様だ」

(事故……——?)

そんな話は、風の噂にも聞いたことがなかった。

愕然《がくぜん》とするティルカに、ルヴァートは残酷な事実を知らしめるように告げた。

「立てないし、歩けないし、走れない。子供を作ることもできないから、この国の王位を継ぐこともない。こんな僕と結婚したって、なんの得もないんだ。わかるね?」

ティルカを憐《あわ》れむように、ルヴァートは囁きかけた。

「僕は君を、妻という名の介護人にするつもりはない。行くところがないのなら、働き口でも養子先でも気に入るところを世話しよう。だから、二度と僕の前には現れないでくれ」

口調は静かだが強い拒絶に、どう答えていいのかわからなかった。

言葉を探しあぐねて立ちすくんでいると、凝視に堪え切れないかのように、ルヴァートは顔を背《そむ》けた。

「頼むよ」

膝頭《ひざがしら》に爪を立てた手が、細かく震えていた。

「——こんな惨《みじ》めな姿を、これ以上、誰にも晒《さら》したくないんだ」

第二章　引きこもり王子の憂鬱

夜半、ティルカは眠れずに寝返りを打った。

シオンが用意してくれた、二階にある客間の一室だ。

カーテンごしの月明かりが、趣味の良い調度や寝台の掛け布を青白く照らしている。

同じ屋根の下で、ルヴァートも眠れていないのではと考えると、胸がより重たく塞がれた。

（シオンさんは、気にするなって言ってくれたけど……）

『二度と僕の前には現れないでくれ』と言われ、呆然と部屋を退出したあと、シオンはティルカを応接室に連れていき、温かい紅茶を淹《い》れてくれた。

そこでティルカは改めて、ルヴァートの身に何が起こったのかを聞かされた。

――今からおよそ半年前。王侯貴族の若者の間で、早駆けの大会が催《もよお》されたのだそうだ。

端的に言えば騎馬のレースだが、競馬のように決まったコースがあるわけではなく、野山の中にあるいくつかのポイントを、できるだけ短時間で回ることを競うのだ。

優勝候補は何人かいたが、乗馬の名手であるルヴァートと、外国産の名馬を手に入れたばかりの第二王子アティウスも予想のうちに入っていた。

事故はスタート直後に起きた。

ピストルの合図とともに、数十頭の馬が広い草原をいっせいに駆け出す。

ルヴァートは先頭の集団にいたのだが、遠目に見ていたシオンからも、その異変はすぐにわかった。

普段なら主人と一体になり、放たれた矢のごとく疾走するルヴァートの愛馬が、左右に大きく首を振り、踊るように身をよじりながら走っていた。

ルヴァートはなんとか宥《なだ》めようとしていたが、手綱を引いても、首の後ろを叩《たた》いても、謎の興奮に取《と》り憑《つ》かれた馬は落ち着かない。

激しい嘶《いなな》きをあげ、とうとう棹立《さおだ》ちになった馬から、ルヴァートは無惨にも放り出された。

宙を舞った体は、地面から突き出た岩に仰向《あおむ》けに叩きつけられた。周囲が騒然となる中、頭から血を流してルヴァートは意識を失った。

『目覚めるまでには二日がかかり、陛下も妃殿下も生きた心地ではないようでした』

当時の様子を語りながら、シオンは溜め息をついた。

『ですが、やっと意識が戻って安堵《あんど》したのも束《つか》の間《ま》、新たな不幸が待ち受けていたんです』

――ルヴァートの下半身は、重たい鉛《なまり》と化したかのごとく、ぴくりとも動かすことができなくなっていた。

皮膚に触れても感覚はなく、移動するにも用を足すにも人の手を借りなくてはいけない。

『医者の診断では、脊髄《せきずい》に損傷があるため、回復は一切見込めないと——今のところ事故の件は伏せられていますが、いずれ隠しておけなくなるでしょう。ルヴァート殿下を廃嫡《はいちゃく》とし、第二王子のアティウス殿下を王太子に据えることが、来月にも発表される予定です』

障害が残ったこと以上に、ルヴァートが打ちのめされたのは、その後の人々の反応だった。

それまで彼は、誰からも好かれる明朗な王子として知られていた。

だが、政治の思惑が絡む世界で、人の価値というものはときに容易《たやす》く変わってしまう。

廃嫡が囁かれるようになって以降、ルヴァートの周囲からは、波が引くように人がいなくなっていった。

王位を継げない彼のもとに侍《はべ》っていても、旨《うま》みはない。口さがなく言えばそういうことだ。

その代わり、にわかにちやほやされだしたのが、第二王子のアティウスだった。

武術でも勉学でも優秀な兄に敵《かな》うことのなかったアティウスだが、権力の匂いに敏感な人々は、たちまち群れをなして彼を取り囲んだ。

大勢の人間に傅《かしず》かれ、機嫌を取られるようになったアティウスは、今がこの世の春とばかりに、連日派手な宴に興じているということだ。

『もともとあまり仲の良くないご兄弟でしたが、今回のことをきっかけに、ますます溝《みぞ》が深まって……ティルカ様は、お二人が同い年な上、母君が違うことはご存知ですか？』

『……聞いたことはあります』

国内において、それは有名な話だった。

貴《とうと》い血を絶やさないことが重要視される王家において、子の母親が異なることは珍しくない。

ここフォルドナ王国の場合、やや特殊な事情があるとすれば、ルヴァートもアティウスも共に側室腹の生まれだということだ。現王の正妃は子宝に恵まれないまま、公認の愛妾《あいしょう》二人が、時期をほぼ同じくして男の子を産んだのだ。

生まれた順序に従って、ルヴァートが第一王子とされ、王位継承権を得たのも彼だったが、アティウスとの力関係は常に微妙なものだった。

兄と弟といっても、二人は同い年であり、それぞれの母親の家柄も拮抗《きっこう》していた。

当人の資質だけを見れば、間違いなくルヴァートに軍配が上がる。

しかしルヴァートの母親は、彼がまだ幼い頃に流感に倒れてこの世を去った。これにより、ルヴァート側の後ろ盾はアティウスに比べて弱まった。

それでも、基本的には長子相続を旨《むね》とする法がある以上、ルヴァートが王になることは約束されていたのだが——その責務を満足に果たせない状態に陥ったとなれば、話は別だ。

『今のルヴァート殿下は、誰のことも信じられなくなっているんです』

沈痛な面持ちでシオンは言った。

二十一歳という若さにして、輝かしい将来をすべて奪われたルヴァート。

掌《てのひら》を返して人々が離れていったことで、人間不信になった彼は、好奇と憐れみの視線が届かないこの別荘に引きこもった。

乳兄弟であるシオン以外は誰も寄せつけず、二度と表舞台に出ることもなく、死ぬまで隠遁生活を送るつもりでいるのだという。

（それで私が呼ばれたのね……）

ティルカはようやく腑《ふ》に落ちた。

婚約が内定していた異母姉が、ルヴァートに嫁ぐことを拒んだのは、彼自身の言葉を借りるなら、『こんな僕と結婚したって、なんの得もない』からだ。

だが、それを理由に婚約破棄を申し出れば、王家に対しての忠誠を疑われる。

よってゴードンは、愛娘《まなむすめ》が病に倒れたことにして、血筋だけならグランソン家の人間だと言い張れるティルカを代わりに送り込んだというわけだ。

『姉上が御病気だというのは、嘘でしょう？』

思考を読んだかのように切り出され、ティルカはぎくりとした。

『このタイミングで都合よく、重病に冒《おか》されて明日をも知れない命だなどと……グランソン伯爵は見え見えの言い訳をするものですね。それに巻き込まれたティルカ様もご愁傷様です。けれど、ご安心ください。殿下がおっしゃったように、あなたは自由の身ですから。身の振り方さえお決めになったら、いつでもここを出ていって構いませんよ』

忠義の証《あかし》にゴードンは娘を差し出したが、ルヴァートのほうでそれを拒んだ――そのような体裁《ていさい》さえ整えば、グランソン家の面目は保たれる。

――とはいえ。

（本当に、これきりになってしまっていいの……？）

ティルカはまたしても、寝台の上で寝返りを打った。

瞼《まぶた》を閉じれば浮かぶのは、車椅子姿のルヴァートだ。

顔貌《かおかたち》は確かに彼なのに、ティルカの知っていたルヴァートとは表情が違った。纏う雰囲気が荒《すさ》んでいて、眼差《まなざ》しも投げやりだった。

ある日を境に体の自由が失われ、前途洋々だった未来も断たれ、周囲の人々のことまで信じられなくなる。

それがどれほどの絶望なのか、当事者でないティルカには、本当の意味ではわからない。

けれど、暗澹《あんたん》としたルヴァートの様子を見ていると、こちらの胸まで締めつけられた。

身の振り方は自由に決めろと、シオンは言ってくれたけれど。

（私は――……）

ティルカはぱちりと瞼を開いた。

掛け布の端をぎゅっと握り込んで、己の本心を探るように、天井の闇に目を凝《こ》らした。

◆　◆　◆

翌朝。

「メイドとしてここに残りたい？」

朝食の席に着くなり切り出したティルカの訴えに、シオンは目を丸くした。

クロスのかかった食卓を囲んでいるのは、彼とティルカの二人きりだ。ルヴァートはまだ目覚めておらず、食事も自分の部屋でとるのだという。

「はい。この別荘をシオンさんだけで切り回していくのは、大変だと思うんです」

ひと晩かけてまとめた考えを、ティルカは順々に口にした。

「ルヴァート様のお世話もある上、料理や掃除や洗濯もお一人でなさっているんでしょう？　私はそういった雑用に慣れてますし、体力もあります。きっとお役に立てると思うんです」

「いやぁ……それは正直、ありがたい申し出ですが」

シオンは喜びと当惑が入り交じったような苦笑を浮かべた。

「そのオムレツを見てもらえればわかるとおり、俺の料理は下手くそで。殿下がご機嫌斜めな一因は、そこにもあると思うんですよね」

「でも、男の人でこれだけできるのはすごいと思いますよ？」

フォローを入れたつもりだったが、かえって藪蛇《やぶへび》になったかもしれない。

シオンが作ったオムレツは、火を通しすぎてぼそぼそな上、卵の殻まで混ざっていた。味つけはしょっぱすぎるし、付け合わせのホウレンソウは灰汁《あく》抜きをしていないのか、舌を刺す苦味が残っている。

「慰めてくださらなくても、不味《まず》いのは自分でわかってます」

シオンは肩を落とした。

「殿下は一応、文句を言わずに召し上がるんですが、ひと口噛《か》むごとに眉間の皺《しわ》が深ーくなっていくんですよ。俺は料理人を雇いたいんですが、『信頼できない他人を同じ屋根の下に置きたくない』の一点張りで」

それを聞いて、ティルカは不安になった。

少しでもルヴァートのためになることをしたくて、メイドにしてくれと申し出たけれど、彼の口に入るものを作る以上、人間的に信用されなくてはいけないのだ。

「それに、あなたは殿下の花嫁としてここにいらしたわけですから。血筋的にもグランソン家の御令嬢《ごれいじょう》なわけですし、下働きのような真似《まね》をさせるわけには」

「自分が伯爵令嬢だなんて、一度も思ったことはありません」

ティルカはきっぱりと言った。

ゴードンとはひと月前に顔を合わせたばかりだし、こう言ってはなんだが、父親らしいことは何もされた気がしない。

彼の妻や異母姉にも会わせてもらえなかったし、あの家の中の誰も、ティルカを家族だとは思っていないのだ。

「シオンさん。私を厨房《ちゅうぼう》に連れていってくださいませんか」

「今からですか？」

「ええ。ルヴァート様の朝ごはんを作らせてください。お口に合うものができたら、ここに残ることを許してくださるかも」

強引かとも思ったが、メイドの採用試験としては妥当なはずだ。

シオンが案内してくれた厨房は綺麗で広々としていて、ティルカは目を輝かせた。

「このオーブン、最新式ですね！　これだったらパンも綺麗に焼けるし、余熱まで利用したら一度に三品くらいは作れそう。作業台も大きいし、食材もたっぷりあるし、これは使いこなさないともったいないですよ！」

「なんだか楽しそうですねぇ」

「はい、腕が鳴ります！」

ドレスの上にエプロンを着けて、ティルカは小一時間ほどくるくると働いた。

柔らかく茹《ゆ》でたカボチャを裏ごしし、生クリームとバターを加えて、とろとろのポタージュにする。

ホウレンソウは水にさらしてえぐみを抜き、湯通ししたキノコと角切りのベーコンを合わせたサラダに仕立てた。ドレッシングの代わりに、白ワインを加熱して小麦粉を馴染《なじ》ませ、細かく刻んだチーズを溶かしたソースを散らす。

シオンに尋ねたところ、卵料理はずっとオムレツか目玉焼きの二択だったというので、ポーチドエッグにすることにした。ぷるぷると震える白身の内で、ぽってりとした黄身が透ける半熟卵には、鮮やかな緑の蒸しアスパラを添える。

もし食欲がなくても甘いものなら食べられるかもしれないと、デザートを兼ねた林檎《りんご》の蜜煮も作った。変色を防ぐためにレモン汁を加えた林檎は、美しい黄金色に輝いていて、

「これはヨーグルトやアイスクリームと一緒に食っても美味《うま》いやつですね！」

と、味見をしたシオンが絶賛した。

それらの料理を、触れることすら躊躇《ためら》われる繊細な白磁の食器に盛りつけ、銀のカトラリーとともにトレイに並べる。

トレイを捧《ささ》げ持《も》ったティルカは、シオンとともにルヴァートの部屋へ向かった。

「おはようございます、殿下。お食事をお持ちしましたよ」

「……入れ」

シオンが扉を叩くと、呻《うめ》くような声が小さく返った。

寝台に横たわったままのルヴァートは、ぼんやりと天井を見上げていた。シオンが背中に手を添えて、上体を起こさせる。

その段になってティルカの存在に気づいたルヴァートは、流麗な眉をひそめた。

「どうして君が――もう現れるなと言っただろう」

「お願いがあります、ルヴァート様」

冷ややかな態度に挫《くじ》けそうになったが、ティルカはあえて明るく言った。

「私をメイドとして、ここに置いてください」

「――何？」

案の定、ルヴァートは面食らったようだった。

そこでティルカは、シオンにしたのと同じ説明を繰り返し、

「まずはこれを召し上がってみてください」

と、脚のついたトレイを寝台の上に設置した。

料理から立ちのぼる湯気に鼻先をくすぐられた瞬間、ルヴァートの喉がかすかに上下した。

「……君が作ったのか？」

「はい。お口に合うといいんですが」

唇を引き結んだルヴァートは、渋々のようにスプーンを手に取った。カボチャのポタージュに先端を浸したものの、動きを止めてじっとしている。

「毒なんて入ってないですよ！　調理の間、俺がずっとついてましたし、第一ティルカ様がそんなことをするような方に見えますか？」

「やかましい。急《せ》かすな」

やいやいと喚《わめ》くシオンを睨《にら》みつけ、ルヴァートはゆっくりとスプーンを口に運んだ。

舌先に匙《さじ》部分が触れるやいなや、弾かれたように顔を背《そむ》けて口元を押さえる。

「どうしましたか⁉」

ティルカは慌てふためいた。

まさか、そんなにもひどい味だったなんて――と真っ青になっていると、ルヴァートは掌《てのひら》の下からぼそりと洩らした。

「……熱かった」

「え?」

「猫舌なんだ、僕は」

事態を呑み込んで、ティルカはほうっと溜め息をついた。

(よかった。スープが不味《まず》いわけじゃなかったんだわ)

安堵して、思わず笑って、気の緩《ゆる》んだティルカは大胆な行動に出た。

ルヴァートの手からスプーンを取って、新たにすくったポタージュに、ふぅふぅと息を吹きかける。

「これで大丈夫ですよ。はい、あーん……――」

そこまでしてから、ティルカは我に返って固まった。

（お——王子様相手に、私ったらなんてことしてるの⁉）

つい、孤児院で小さな子の世話をしているような気分になって。

ティルカの息のかかった食べ物など、ルヴァートのような貴人が口にするわけがないのに。

「すみません、すぐに下げます……！」

混乱しきったティルカが、トレイごと身を引こうとしたときだった。

「いい」

スプーンを持つティルカの手首を、ルヴァートが摑んで止めた。

「食べさせてくれ。そのまま」

「はぁ……え……食べさせ……ええっ……⁉」

一体何が起こっているのか。

だが、ルヴァートは冗談を言っているわけではないらしかった。

助けを求めるべくシオンを見ると、彼も驚いているようだったが、こくりと力強く頷かれた。

止めてくれるどころか、ルヴァートの言うとおりにしろと背中を押されているようだ。

「で……では、どうぞ……」

ぶるぶると震える手で、スプーンを彼の口元に持っていく。

ほとんど零してしまいそうだったが、ルヴァートはすっと唇をつけ、一切の音を立てずにスープを啜《すす》った。あまりに上品な仕種に、思わず緊張も忘れて見惚《みと》れてしまうほどだった。

だから。

「――美味しい」

そう言われたとき、料理の出来を褒められているのだと、ティルカは一瞬わからなかった。

「舌触りがなめらかで、塩気もちょうどいい。僕の好みをシオンから聞いたのか？」

「あ、いえ……私が一番美味しいと思う塩加減にしただけなんですけど」

「なら、君と僕は味の好みが似ているんだろう」

ルヴァートは何気なく言っただけだろうが、ティルカは痺れるような感動を覚えた。

自分の作ったものをルヴァートが美味しいと褒めてくれて、二人の間に共通点があるのだと言ってくれた。庶民育ちの自分が、彼と等しい人間だとみなされた気がして、胸を熱くしながら確信する。

（ルヴァート様は、昔どおりに優しいままだわ）

人間不信になって、こんな辺鄙《へんぴ》な場所に引きこもっていても、その本質はおそらく変わっていない。

今はにこりともしてくれないし、口数も少なくぶっきらぼうだが、以前のように笑える日が来てほしいと願わずにはいられなかった。

「あとは自分で」

ナイフとフォークを手にしたルヴァートは、サラダやポーチドエッグにも手をつけた。特別な褒め言葉はもう出てこなかったけれど、林檎の蜜煮まで残さず綺麗に平らげた。

「どうです？　王宮の料理人にも劣らないいくらい美味いでしょう？」

主人が食事を終えるなり、シオンは意気込んで尋ねた。さすがにそれは言いすぎだと思うが、ナプキンで口元を押さえたルヴァートは、かすかに顎を引いて頷いた。

「だったら、ぜひティルカ様を……！」

「いくら欲しい？」

シオンの訴えを無視して、ルヴァートはティルカに問いかけた。

「え？　いくらって……」

「君はメイドとして、ここで働く気なんだろう。これだけの料理を作って、掃除や洗濯をする代償に、週にどれだけの給金を支払われれば満足なんだ？」

そんなことはまるで考えていなかった。

しばらくぽかんとしたあと、ティルカは首を横に振った。

「お金なんていりません。私はただルヴァート様に、少しでも快適に過ごしていただきたくて。だってルヴァート様は、私の……私に……――」

――恋する気持ちを教えてくれた、憧れの人だから。

そんなことは到底告げることができなくて、言葉の途中で俯《うつむ》いた。

「仕事だと割り切れないいなら、君をここには置けない」

ルヴァートはあくまで素っ気なかった。

「今は同情で親切なことを言っていても、一生を僕に捧《ささ》げるつもりなんてないんだろう。いつかきっと嫌になるし、離れていきたいと思うはずだ」

断定的に言い切られ、反論する隙も与えられない。

「そのときのためにも、金はあったほうがいい。一方的な婚約破棄をしたのはこっちだから、慰謝料という名目でまとまった額を渡すこともできるけどね」

たとえば――と提示された金額に、ティルカは腰を抜かしそうになった。

そんなとんでもない額を一気に手にしたら、金銭感覚が狂って、まっとうな人生を踏み外してしまうに決まっている。

「そ、相場で！　お給金は、新人メイドの相場どおりで構いません！」

常識外れの大金を押しつけられてはかなわないと、ティルカは必死にまくしたてた。

ルヴァートはすっと瞳を細め、本当にどうでもいいとばかりに告げた。

「――だったら、好きにすればいいさ」

◆　◆　◆

ティルカのメイドとしての日々は、しばらくは順調に過ぎていった。

朝は誰よりも早く起き、厨房に赴《おもむ》くと、まずは竈《かまど》とオーブンに火を入れる。

前日の夜から発酵させておいたパン生地を形成し、シンプルな丸パンやバゲットをはじめ、胡桃《くるみ》やドライフルーツ入りのもの、豆と挽肉《ひきにく》を包み込んで揚げたものなど、様々な種類のパンを焼いた。

食材は三日に一度、近くの村に住む農夫が、野菜や果物を届けてくれることになっていた。森の中に潜む兎《うさぎ》や雉《きじ》をシオンが狩ってくることもあったし、砂糖や塩などの調味料が足りないときは、町に買い出しに行ってくれる。

それらの材料で三度の食事を作る合間に、ティルカは洗濯をし、屋敷の掃除をした。

別荘はとても広かったけれど、使う部屋は限られていたので、掃除といってもさほど躍起《やっき》になる必要はなかった。一番肝心なルヴァートの部屋に関しては、手を出さなくていいと言われていたのでなおさらだ。

最初のうちは気を張っていたが、この生活にも慣れてくると、ティルカは徐々に暇を持て余すようになっていった。孤児院で何十人分もの食事を作り、山ほどの汚れものを洗っていたのに比べると、仕事量が少なすぎるのだ。

しかもメイドとは基本的に、雇い主の前に姿を見せてはいけない存在でもある。主人に気づかれないところで衣食住を整え、直接の世話に当たるのは、従者や小姓といった人間だけ。

実際、ルヴァートの着替えや入浴の介助などは、シオンが一人で行っていた。

ティルカとしても、ルヴァートの体に触れるような仕事は畏れ多くてできないし、彼のほうでもそれを望みはしないだろう。

メイドとして働く許可を得て以降、ルヴァートとは顔を合わせていなかった。

その間に世間では新聞を通じて、王太子の交代とその経緯が公表されたらしかった。

人里離れたこの場所では国民の反応も届かないけれど、多くの人々がティルカと同じように、ルヴァートの廃嫡を惜しんでいるに違いない。

その件と関係しているのか、ティルカの作った食事は、たまにほとんど手をつけられていないことがあった。

少しでも食が進むようにと、シオンからルヴァートの好物を聞き出して工夫を凝らしたが、努力の甲斐《かい》はないようだった。

「素人考えなんですけど……ルヴァート様は、少し気分転換をなさったほうがいいんじゃないでしょうか」

シオンと向かい合って夕食をとりながら、ティルカはずっと考えていたことを口にした。

今日のメインは、シオンが湖で釣った鱒《ます》を香草と一緒に蒸したものだ。我ながら上手にできたと思うのに、ルヴァートは付け合わせの野菜しか食べてくれていなかった。

「気分転換ですか」

マッシュルームたっぷりのキッシュを頬張《ほおば》っていたシオンが、食べる手を止めて呟いた。

「はい。車椅子で、湖の周りを軽く散策するのでもいいですし。せめて日光浴だけでもなさらないと、お体に悪いんじゃないかと思うんです」

ルヴァートはほぼ一日中、鎧戸《よろいど》を閉めた自室に閉じこもったままで過ごす。

せっかく今は気候も穏やかな春なのだ。愛らしく咲いた野の花を眺めたり、心地よい風に吹かれたりすれば、鬱々とした気分も少しは晴れるのではないかと思う。

「俺もそう勧めてみたことはありますよ。ですが、思い出してしまうんだそうです」

「思い出す？」

「以前にこの別荘で、ご友人たちと一緒に狩りや釣りを楽しんだことを。もう二度と同じことができない現実を突きつけられて、余計に苦しくなってしまうみたいで」

「あ……」

ティルカは失言に気づいて口元を押さえた。

軽い思いつきで提案したが、思慮が足りなかったと情けなくなる。

「同じような理由で、殿下は昔の知り合いとも会いたがりません。今の姿を見られて憐れまれるくらいなら、元気だった昔の姿だけを覚えておいてほしいとおっしゃって」

「ごめんなさい。浅はかなことを……」

ルヴァートの抱《かか》える悩みは、ティルカが想像する以上に深いのだ。

本人の前でうっかり口にしないですんだのが、せめてもの救いだ。

「ティルカ様が、殿下のことを思いやってくださる気持ちはわかっていますよ。従者としてありがたく思います」

慰めてくれるシオンに、ティルカは困惑しつつ訴えた。

「あの、何度も言いますけど、その『ティルカ様』っていうのはやめてください」

メイドと従者なら、階級が上なのは間違いなくシオンのほうだ。

敬語など使わないでくれと、ことあるごとに言っているのに、いつも笑ってはぐらかされてしまう。

「だってあなたはメイドといっても、あくまで仮の立場ですからね。本来は伯爵令嬢ですし、いずれ殿下の気が変わって、また花嫁に迎えられないとも限りませんし」

「まさか。そんなことになるわけありません」

ティルカは呆れて否定した。

あれ以来、ルヴァートと話すことはおろか顔さえ見ていないのに、結婚などありえない。

「俺としては、それを願っているんですがねぇ」

シオンはテーブルに頬杖《ほおづえ》をつき、冗談とも本気ともつかないふうに言った。

「今の殿下のそばに、打算なく寄り添ってくださる女性はティルカ様だけですから。それともやっぱり、廃嫡された王子の妻など御免だと思いますか？　子供を作る行為もできませんから、女性としての悦《よろこ》びも味わえませんし」

「こ……子供、ですか？」

いきなり際どい話題を振られて、ティルカはどぎまぎした。

夫婦となった男女が夜毎《よごと》に何をするのかは、漠然と聞いたことがある。

だがもちろん実体験はないし、具体的なあれこれまではわからない。「悦び」とやらがどういうものかも知らないのだから、それを得られないことを惜しいと、現状では思えなかった。

（結婚しても、子宝に恵まれない夫婦はいくらでもいるし。赤ちゃんは好きだけど、どうしても子供が欲しくなったら養子って手段もあるんだし……）

そこまで考えたティルカは、慌てて妄想を打ち切った。

仮定の話とはいえ、自分とルヴァートが結婚する前提で未来を思い描《えが》くだなんて、おこがましいにもほどがある。

「ふざけたことばかりおっしゃらないでください」

ティルカは咳払《せきばら》いして、話の流れを戻した。

「それよりもルヴァート様のことです。外に出るのが駄目なら、何か他にお好きなことはないですか？　少しでも気を紛《まぎ》らわせられるようなご趣味とか」

「趣味といえるかはわかりませんが、本を読むのは好きでしたよ」

シオンは思い出したように言った。

「政務の合間や、寝る前のわずかな時間に、小説を読むのを息抜きにしてらっしゃいました。

古いものから新しいものまで、恋愛小説から怪奇小説まで、なんでもいける乱読派です」
「なるほど、小説ですね」
得られた情報を、ティルカは胸に刻んだ。

その翌日の夜。

(……よし。ルヴァート様は、まだご入浴中ね)

ルヴァートの部屋に忍び込んだティルカは、両腕いっぱいに分厚い本を抱えていた。

この別荘には立派な図書室があったが、車椅子では登れない二階に位置している。その中から選び出した数冊を、寝台脇のチェストに置いておく作戦だ。

(手の届く場所に本があったら、読んでみようって気になるかもしれないわ)

チェストの上に本を積んだ拍子に、ティルカは寝台の乱れに気がついた。

どうせ部屋に入ったことはばれるのだからと、シーツを張り直すために枕をどけたとき、きらりとした光が目を射《い》った。

(え？　……――これって)

顔を近づけ、それが何であるのかわかった瞬間、血の気が引いて動きが止まる。

寝台の枠組みとマットレスの隙間に押し込まれているのは、男性が髭《ひげ》をあたる際に使うような剃刀《かみそり》だった。

だが、通常の目的で使われるものだとしたら、こんなふうに隠されているはずがない。

（まさか、これで……ルヴァート様は）

自殺——という言葉が、否応なく脳裏に浮かんだ。

ティルカは恐る恐る身を屈《かが》め、剃刀を手に取った。

剥《む》き出しになった鋭利な刃は、冷たく静謐《せいひつ》な輝きを湛《たた》えていた。それが赤い血にまみれるときのことを考えて、ティルカの膝は震えた。

こんな場所に凶器を隠していることを、シオンは知っているのだろうか。

この部屋の掃除をするのは彼なのだから、気づいている可能性は充分にある。だとしたら、どうして取り上げようとしないのだろう。

（私が甘かったんだ……ルヴァート様が、死ぬことを考えるほど追い詰められていらっしゃるなんて……）

昨日も浅慮さを反省したばかりだが、今日はその比ではない。

衝撃に打たれたまま、どれだけ立ち尽くしていたのだろう。

扉の開く音が背後で響き、ティルカははっとして振り返った。

「え、ティルカ様？」

予想よりも早く戻ってきたシオンが、驚いた声をあげる。

彼の押す車椅子に乗ったルヴァートも、訝《いぶか》しむような目でティルカを見ていた。

「何をしてるんだ、こんなところで」

湯上がりのルヴァートはまだ髪の毛が湿っていて、艶麗《えんれい》さが増していた。

久しぶりに声をかけてもらったというのに、死を考えているかもしれない人を前にして、どんな顔をすればいいのかわからない。

「あの……これ……」

混乱のあまり、ティルカは悪手としか呼べない行動に出た。

胸の前で剃刀を手にしたまま、上擦った早口で問いかける。

「すみません。シーツを整えようとして、見つけてしまいました。これを枕の下に隠していたのは、ルヴァート様ですよね？」

ルヴァートの顔色が一瞬で変わった。

紙のように真っ白になったかと思ったら、その目元にじわじわと血が集《つど》う。

「……とんだ躾《しつけ》の悪いメイドだな。主人の部屋に断りなく入って、人のものを勝手に漁《あさ》るのか」

「それについては謝ります、でも！」

ティルカは声を張り上げた。

「お願いです。変なことは考えないでください……！」

自分がひどく無遠慮で、ルヴァートの神経を逆撫《さかな》でしているのだという自覚はあった。

けれど、訴えずにはいられなかった。

ずっと好きだった憧れの人が、自《みずか》ら死を選びかねない状況を、平然と見過ごせるわけがない。

「本当に、君は傲慢だな――……」

車椅子の肘掛けを、ルヴァートはぐっと摑んだ。

ティルカに向けられる眼差しには、隠しようのない怒りと苛立ちが滲んでいた。

「何をするにも他人の手を借りなきゃいけない惨めさが、君にはわかるのか？　自分の意志では行きたい場所にも行けないし、会いたい人にも会えない。着替えも入浴も用を足すにも、シオンの介助なしじゃ一日だって生きられない」

胸に詰まった鬱屈を、一気に吐き出すような悲痛な声音だった。

「朝が来たって何もしたいことがないし、夜は昔のことを思い出して、なくしたものの大きさに叫び出しそうになる。誰からも腫れものみたいに扱われて、この先もずっと役立たずの厄介者で、僕がこんな境遇に陥ったことを明らかに喜んでる奴《やつ》らもいて……だったら、いっそ」

喘《あえ》ぐように、ルヴァートは大きく息をついた。

力を込めすぎた指先の爪が、色をなくしていた。

「――僕が自分の身をどうしようと、君には関係ないだろう」

感情の発露をぎりぎりで抑えたひと言に、ティルカは心臓を貫かれたような痛みを覚えた。

関係ない。確かにそうかもしれない。

自分は、ルヴァートの家族でも友人でも恋人でもない。どうかいなくならないでくれと、頼み込む権利はどこにもない。

追い詰められたティルカは、すがるような視線をシオンに向けた。

「シオンさんは知っていたんですか？」

責任を問うように尋ねると、シオンはばつが悪そうに目を逸《そ》らした。

「知らないふりをしていましたが……把握はしていました」

「どうして取り上げないんですか？　こんな危険な……！」

「その気になれば、舌を噛むでも、フォークで喉を突くでも、命を絶つ手段はいくらでもありますから」

普段のシオンらしくもない、諦念に彩られた口調だった。

「いつでも楽になれると思うからこそ、不安が軽くなる可能性に賭けたんです。確かに物騒ではありますが、今の殿下にとっては必要なものなのかもしれないと」

「そうだとしても、私は嫌です……──！」

ティルカの言っていることは、もはやただの感情論だった。

ルヴァートの意思を翻《ひるがえ》させるような、筋の通った説得などできない。それでも。

「私には……私は、ルヴァート様がいてくださらないと困ります」

「雇い主がいなくなったら、職を失うからか」

「違います。私はずっと、ルヴァート様に勝手に励まされてきたからです……！」

考えるより先に、言葉が口を衝《つ》いて出た。

「孤児院にいた頃、年に一度ルヴァート様にお会いできるのが、本当に楽しみでした。ルヴァート様の秘密を教えていただいたことも、すごく、すごく嬉《うれ》しくて。ニンジンのクッキーを避《よ》けておくのは私にしかできないことだって、馬鹿みたいだけど、毎年使命感に燃えて」

「……本当に馬鹿みたいだね」

呆れたように言われても、ティルカの勢いは止まらなかった。

「私には大切な約束でした。だって嫌いなお菓子なら食べなくてもいいし、捨ててしまったっていいのに。そういうことをなさらないルヴァート様は、やっぱりいい人なんです。猫を助けてくださったり、私の名前を覚えていてくださったり。王族なんて偉くて怖い人ばっかりかと思ってたのに、こんなに優しい方がいらっしゃるんだって、すごく感激して」

「そんなのは、あの頃の僕が健康で、余裕があったからできたことだ」

ルヴァートは苦しげに顔を歪めた。

「恵まれた立場から、親のない君たちを下に見て、慈悲を与える自分に酔ってただけだよ。いざこうして弱者に回ったら、シオンや君にも当たり散らすくらい、器の小さな人間なんだ」

「そんなの、当たり前です。怪我や病気で不安になったときは、自分のことしか見えなくなるのが普通です。でも、ご自身を損なわれるようなことだけは、どうか考えないでください」

ティルカは夢中で言い募《つの》った。

「体や心が弱っているときに何かを決めるのは難しくて、冷静な判断にならないからって――これは、私たちを育ててくれた院長先生の言葉ですけど。何もしなくても、時が過ぎるのを待つだけでも、それは立派な療養ですから」

ルヴァートの身体的な症状は下半身の麻痺《まひ》だが、それ以上に今は心が傷ついている。ゆっくりと時間をかけて、癒《いや》されなければいけないのだ。そのためにできることがあるなら、ティルカも、おそらくシオンも、きっとなんだってする。

「とにかくこれは没収します」

エプロンのポケットに剃刀を収めると、ルヴァートは疲れきったように眉間を揉んだ。

ティルカの言葉がどこまで届いたかはわからないが、再び変な気を起こさないことを祈るしかなかった。

「ところで、ティルカ様はどうしてここにいらしたんですか」

気まずい空気を変えるように、シオンが口を開いた。

「あ……それは、本を」

無断で侵入したこと自体は悪いと思っていたので、ティルカはしどろもどろに答えた。

「ルヴァート様は読書がお好きだと、シオンさんに聞いたので。もしかしたら読みたいものがあるかもと思って、図書室から適当に見繕ってきたんですけど」

「適当に？」

チェストの上に詰まれた本に目をやり、ルヴァートは胡乱《うろん》げな表情になった。

「本当に適当だね。一番分厚いそれは法律書だし、赤い表紙のはルトラ語の辞書だ。その下は草花の栽培について書かれた本だし、君は僕に庭師になれとでも言うつもり？」

「えっ……やだ、すみません！　そんなにいろんな種類の本があるなんて知らなくて」

ティルカは赤くなって頭を下げた。

できれば言わずにすませたかったが、ふざけたつもりではないと伝えたくて、恥を忍んで打ち明ける。

「……実は私、ほとんど文字が読めないんです」

目を瞬《しばた》かせたのは、ルヴァートだけではなくシオンもだった。

「学校には行っていなかったんですか？　初等学校にも？」

「はい。院長先生は通っていいっておっしゃってくれたんですけど、余計なお金がかかりますから。それに、小さい子たちのお世話もあったし」

将来の家族を支えなくてはいけない分、どうせなら男の子に学ぶ機会を譲るほうがいいと思った。院長は申し訳なさそうにしていたけれど、子供の面倒を見る人手は確かに必要だったので、ティルカに頼らざるをえなかったのだ。

「独学で勉強しようとしたこともあるんですけど、なかなか時間が取れなくて……でも、そんなの言い訳ですよね」

いつかはちゃんとしなければと思いながら、日々の雑事に取り紛《まぎ》れて今日まで来てしまった。よりによって、憧れのルヴァートの前で失態を晒すなんて、怠惰のツケが回ってきたとしか言いようがない。

「そうだな……何をするにせよ、読み書きはできたほうがいい」

ルヴァートは言って、シオンを振り仰いだ。

「シオン。お前、時間のあるときに教えてやれ」

その提案にティルカは驚いた。

立場も弁《わきま》えず、生意気なことをたくさん言ったのに、ルヴァートはまだ自分をここに置いてくれるつもりらしい。

「俺がですか？　そりゃもちろん構いませんけど……」

シオンはそこで言葉を切った。

ルヴァートを見て、ティルカを見て、またルヴァートを見る。

その口元が、やがてにんまりと吊《つ》り上がった。

「やっぱり嫌です」

「なんだって？」

「こう見えて、俺は忙しいんですよ。買い出し先の町で出会った美しいご婦人と、たびたび逢引《デート》する約束をしてるんです。部下の恋路の邪魔をするほど、殿下は狭量な主じゃないですよね」

「そんな話は初耳だ」

「ええ、今初めて言いました」

シオンはしれっとのたまった。

「ですから、殿下が教えて差し上げればいいんですよ」

「「え？」」

ルヴァートとティルカの声が重なった。

「だって殿下、正直毎日お暇でしょう？　にわか教師としてティルカ様と過ごされるのも、いい気晴らしになるんじゃないですか？　人間、無駄に時間があると、ろくなことを考えませんからね」

何気なく言うシオンだが、その目の奥が笑っていないことにティルカは気づいた。シオンとしてもどうにかして、主人が思い詰めないよう手を打ちたいのだ。停滞しきった状況を打開するために、こんなことを言い出すほど。

「だけど僕は、人にものを教えたことなんて」

「ルヴァート様にお願いしたいです……！」

汗ばむ手を握り、ティルカは声を張り上げた。

ルヴァートが目を瞠《みは》っていたが、すでにあれだけのことを言った以上、図々しいと思われるくらいなんでもない。

もしも了承してもらえたら、彼のそばにいる時間ができる。

ルヴァートがおかしな真似をする様子がないか、さりげなく探ることもできる。

「私に文字を教えてください」

心臓が破裂しそうにばくばくしていたが、深く頭を下げて頼み込んだ。

ルヴァートの沈黙が長すぎて、自《みず》らの大胆な言動をさすがに後悔し始めた頃。

「……わかった」

諦めの混ざった溜め息に、ティルカはぱっと顔を跳ね上げた。

ひたむきに見上げる視線から逃《のが》れるように、ルヴァートはそっぽを向いた。

「正直、気は進まないけど……言い出したのは僕だからね。昼食のあとに、毎日少しなら時間を取ろう」

「っ……ありがとうございます！」

この屋敷に来てから一番大きな声で叫んで、ティルカは再び頭を下げた。

第三章　二人きりの授業と嵐の一夜

成り行きで決まった読み書きの「授業」は、その翌日から始められることになった。

もともとは音楽室だったという部屋に、シオンが机と椅子を運び込み、必要な道具も用意してくれた。

昼食の片づけを終えてから、かりそめの勉強室に向かったティルカは、真新しい単語帳やノートを何度もめくり、小刀で鉛筆を丁寧に削った。

(これが全部私のものだなんて……すごく嬉しい)

学校に通ったことのないティルカにとって、これらの文具類は初めて手にするものだった。

ゴードンの屋敷で華やかなドレスを着せてもらったときよりも、ずっとどきどきする。

しばらくののち、ルヴァートは一人で勉強室にやってきた。シオンの手を借りなくとも、自分で車輪を押して移動しようと思えばできるのだ。

「……眩《まぶ》しいな」

彼の第一声はそれで、窓に向けた顔をしかめた。

自室ではずっと鎧戸を閉めたままだったから、ごく普通の明るさでも目を射られるような気になるのかもしれない。

「あっ、じゃあ、カーテンを引きますね」

ティルカが窓辺に駆け寄ろうとすると、ルヴァートは首を横に振った。

「いいよ。部屋が暗いと、文字を読むにも書くにも目が悪くなる」

淡々とした口調だったが、彼の気遣いにティルカの胸は熱くなった。不本意とはいえ教師役を引き受けた以上、ちゃんと読み書きを教えてくれる気はあるようだ。

「あの、私、一生懸命頑張ります。今日からどうぞよろしくお願いします!」

やる気に満《み》ち溢《あふ》れるティルカに、ルヴァートは困惑気味に黙り込み、結局は小声で言った。

「……よろしく。座って」

「はい!」

ルヴァートは車椅子を動かし、着席したティルカの左側に回り込んだ。

「今の時点で、書くことのできる文字はある?」

「ええと、自分の名前くらいなら」

「書いてみせて」

ルヴァートに促され、ティルカは鉛筆を握った。

彼に見られていると思うと緊張したが、一文字一文字、できるだけ丁寧に綴《つづ》っていく。

書き終えたノートを見せると、ルヴァートはじっくりと検分したのちに頷いた。

「うん。綴りは間違ってないし、綺麗な字だね」

「本当ですか？」

お世辞かもしれないが、そう言ってもらってほっとする。

「他には何か、読んだり書いたりできる？」

「そうですね……」

ティルカは小首を傾《かし》げて考え込んだ。

「野菜とか果物とか、お肉の部位の単語ならいくつか。おつかいをするときに、院長先生からもらったメモに書かれてたので。あっ、それから『特売』とか『大安売り』って字は読めます。『産みたて卵、お一人様限定二ダースまで』とか！」

「っ……」

ルヴァートがいきなり口元を覆ったので、ティルカは慌てた。

「どうしました？　ご気分が悪いんですか⁉」

「いや……そうじゃない」

顔を背《そむ》けたルヴァートの肩が、細かく震えている。

何度か咳払いをしたのち、再びこちらを向いたときには、それまでの鹿爪《しかつめ》らしい表情に戻っていたが。

「――もしかして、笑っていらっしゃったんですか？」

その可能性に気づいた瞬間、ティルカは呆気《あっけ》にとられた。

ずっと殻に閉じこもっていた彼が、どんなきっかけであれ、楽しい気持ちになってくれたのなら喜ばしいが。

「私、何も面白いことなんて言ってませんよ？」

「言葉の内容がっていうよりも……」

うっかり笑ってしまったことが気まずいのか、ルヴァートは弁解するように言った。

「『特売』とか『大安売り』って口にする君が、すごく嬉しそうでいきいきしてたのが……なんていうか、おかしかったんだよ」

「だって、わくわくしませんか？　普段は二箱で四十ルランのジャガイモが、特売日だと同じ値段で三箱も買えちゃうんですよ？」

前のめりに力説するティルカに、ルヴァートはやや興味を引かれたように尋ねた。

「三箱ものジャガイモを、一人でどうやって持って帰るの」

「追加でキャベツを十玉買うのと引き換えに、お店の人から台車を貸してもらうんです。市場から孤児院までは上り坂ですから、なかなか力がいるんですけど、おかげで足腰はすごく丈夫になりました」

「君は見た目より、ずいぶんたくましいんだね」

「はい。冬場でも滅多《めった》に風邪はひきません」

数少ない自慢を口にすると、ルヴァートは「それはいいな」と呟いた。

「僕は子供の頃、しょっちゅう熱を出して寝込んでたから」

「そうなんですか？　でも、孤児院へ慰問にいらっしゃるときは、いつもお元気そうに見えました。木に登って降りられない子猫を助けてくださったときも……」

言いかけて、ティルカは口を噤《つぐ》んだ。

五体満足だったときの記憶を思い出すとつらくなるという、シオンの言葉を思い出したのだ。

「人前に出るときは平気なんだ」

ルヴァートを窺《うかが》うと、彼はどこか遠い目をしていた。

「どれだけ高い熱があっても、式典や謁見の場に出ると、平気な顔で立ってられる。王族として、みっともないところは見せられないっていう意地だったんだろうね。そんなふうに意気込みすぎるせいで、気疲れが溜《た》まって倒れるんだって医者には言われたけど」

ティルカに対して語るというよりも、昔の自分をただ振り返っているような口調だった。

「……頑張りすぎていらっしゃったんですね」

ティルカの声に、ルヴァートがこちらを向いた。

彼がどんな気持ちでいるのかはわからなかったし、昔の苦労を想像することしかできないけれど、少しでもルヴァートをねぎらいたかった。

「今はもう、お熱が出るようなことはないんですか？」

「ああ」

労《いたわ》りの気持ちが伝わったのか、ルヴァートの顔つきがわずかに和《やわ》らいだ気がした。

「皮肉な話だけど、事故の後から、脚以外はむしろ健康だよ。ときどき寝つきの悪いときがあるくらいで……詰め込みすぎの公務の重圧から、解放されたのが大きかったみたいだ」

「なら――」

よかった、と言っていいのかどうかわからずにいると、ルヴァートがふっと笑った。

ティルカがここに来てから初めて見る、穏やかな表情だった。

「読み書きができるようになったら、君は何をしたいの」

「孤児院の皆に、手紙を書けたらいいなって思います。元気でやってるってことを、自分の言葉で伝えたいんです」

どんな経緯で、誰のもとに仕えているのかはぼかす必要があるだろうが、メイドの仕事をしていることくらいは伝えても構わないだろう。

「じゃあ、まずはそれを目標に勉強しよう。他には？」

「他には……本を読んでみたいです」

「どんな？」

「タイトルしか知らないんですけど、『古城に咲いた情熱』っていう物語です。村の女の子たち皆が読んでる流行《はや》りの本で、すごく素敵なお話だっていうから」

「なるほど。『古城に咲いた情熱』――か」

ルヴァートは、何やら面白そうに題名を繰り返した。

なんだろうと引っかかった端から、彼がノートを引き寄せる。

「じゃあ、まずは日常的に使う単語から覚えていこう。僕が書いてみせる文字を真似して。声に出して読むから復唱して……――」

◆◆◆

「『そうして羊飼いの男の子は、いなくなった黒羊を探す旅に出ました。道案内役の黄色い小鳥も一緒です。肩からかけた鞄《かばん》の中には、ぴかぴかに磨いた少しの銅貨と、もっとちょっぴりの銀貨。それから、お日様の光をたっぷり浴びた、丸くて真っ赤な林檎がひとつ』……」

耳に心地よい朗読の声に、ルヴァートは目を閉じて聞き入っていた。

夕暮れの勉強室で絵本を読みあげているのは、読み書きの手解《てほど》きを受けるようになって、三ヶ月が過ぎたティルカだ。

（予想外に呑み込みが早かったな――……）

車椅子の上で瞑目《めいもく》しながら、教え子の成長をひそかに自慢に思う。

初めはシオンの口車に乗せられて、渋々取り組むことになった「授業」だった。他人と関わることを避けて引きこもっていた身としては、間違っても歓迎できる事態ではなかった。

が、ティルカの学習意欲は、ルヴァートが思う以上に旺盛だった。

日毎《ひごと》に新しい何かを学び、今まで知らなかったことを知っていくのは、彼女に新鮮な喜びをもたらしたらしい。予習復習は言われずともしていたし、疑問に感じたことはその場ですぐに質問してきた。

ティルカのやる気に引きずられ、ルヴァートも次第に本腰を入れて、「授業」に臨《のぞ》むようになっていった。

王太子だった頃、たくさんの教師について勉強していたときは、学ぶことが好きだとも楽しいとも考える余地はなかったから、ティルカの純粋さを羨ましいとさえ感じた。

今のティルカは、辞書を引きつつ孤児院への手紙も書けるし、子供向けの本なら問題なく読めるようになっている。

『ルヴァート様の教え方が上手だからです』と謙遜するが、やはり彼女自身の努力によるところが大きい。

いつしか二人の間では、「授業」の最後に一冊の絵本を朗読するのが習慣になっていた。

ルヴァートが子供の頃に読んでいた絵本を、学習の度合を確かめるテストも兼ねて、ティルカが声に出して読みあげるのだ。

その最中に、ルヴァートはときどきうたた寝をしてしまうことがあった。

教師としてあるまじき失態なのだが、ティルカの声があまりに優しく穏やかで、つい眠りを誘われてしまうのだ。

『君の声が心地よすぎるのが悪いんだ』

責任転嫁のように告げるルヴァートに、

『そんなことは初めて言われました』

と、ティルカは榛色の瞳をぱちくりさせた。

『でも、そういえば……私が子守唄を歌うと、どんなにむずかってる赤ちゃんもころっと眠っちゃうんです。何か関係があるんでしょうか？』

『多分ティルカの声には、聴く人の緊張を和《やわ》らげて、気持ちを楽にさせる力があるんだ。それは一種の才能だよ』

『だったらよかったです』

感じたままを口にすると、ティルカは面映《おもは》ゆそうに笑った。

『ルヴァート様は以前、寝つきの悪いときがあるっておっしゃってたでしょう？　ですから、私の声を聴いてお休みになってくださるのは嬉しいです。これからも、眠れないときはいつでも呼んでくださいね』

ルヴァートを安らがせるために、自分にもできることがある。

そのことがただ嬉しいのだと微笑むティルカが、この上もなく無邪気で、眩しくて。

（まいったな……今日も狸寝入りをする羽目になった）

あれ以来、寝たふりをして目を閉じていないと、絵本を読むティルカの横顔をつい凝視してしまう。

媚《こ》びたところのない、何事にも一途《いちず》でまっすぐな姿は、可憐な見た目ながら生命力の強い野の花のようで、見ているとなんだか安心するのだ。

実をいうと、そのことにはずっと前から気づいていた。

孤児院で初めて言葉を交わしたときから、ルヴァートはティルカを好ましく思っていたし、彼女がグランソン伯爵の娘であり、身代わりの花嫁としてやってくるのだと聞いたときには、素直な懐かしさを覚えた。

けれど——だからこそ、ティルカを自分の運命に巻き込むわけにはいかなかった。

働き者で気立てのいい彼女なら、廃太子の妻などになるより、幸せになれる道がいくらでもある。子供を産めばきっと良い母親になるだろうし、その可能性を最初から奪うような酷《むご》い真似はしたくなかった。

よってルヴァートは、意識的にティルカを遠ざけるつもりだった。

結婚するつもりはないときっぱり言い放ち、誰に気兼ねすることなく自由に生きればいいと告げた。

なのにティルカは、ルヴァートの役に立ちたいからメイドとして置いてほしいと言い出した。

あのときも撥《は》ねつけるべきだったのに、彼女の作る料理の魅力に思わず絆《ほだ》されてしまった。

だが今思うと、胃袋を摑まれたというのも、単なる言い訳にすぎないのかもしれない。


『私には……私は、ルヴァート様がいてくださらないと困ります』


ルヴァートの部屋から剃刀を見つけたとき、ティルカは泣きそうな顔で訴えた。

実際のところ、真剣に自殺を考えていたのかと問われれば、我がことながら判然としない。

ティルカに対して、八つ当たりのようにぶちまけた苦悩は本物だったが、積極的に死にたいというより、自分に関する周囲の人々の記憶ごと消えてなくなりたいといったほうが正しい。

体が不自由になってからの一年間は、底の見えない暗い沼に、ひたすら沈み込んでいくような毎日だった。

それなりに落ち着いているときは、命が助かってよかったと感じることもないではないが、事故以前の輝かしい日々は二度と戻らないと思うと、何をしても虚《むな》しくなった。

けれどティルカは、こんな状態のルヴァートでも、いなくなられては嫌だと叫んだ。

誰もがルヴァートの心を必要以上に慮《おもんぱか》るか、あるいは、廃嫡された王子に用はないとばかりに遠ざかったのに、彼女だけは正面から距離を詰めて偽りのない本音をぶつけてくれた。

あの場では怒ってみせたものの、その裏で、自分はおそらく嬉しかったのだと思う。

恣意的《しいてき》に試したつもりではなかったが、拒まれても、素っ気なくされても、ティルカはルヴァートを見限らなかった。

きっかけはシオンが作ったとはいえ、ルヴァートに読み書きを教えてもらいたいのだと、自分から頼み込みさえした。

結論から言えば、これはルヴァートにとっても良いことだった。

ティルカとの「授業」が日課になり、シオン以外の人物と会話をするようになって、ルヴァートの精神は明らかに安定した。何もすることのない日々というのは、やはり人を腐らせるのだ。

こんな体では何もできないと諦めていたが、少なくとも、ティルカの成長に手を貸すことはできた。彼女の喜ぶ顔を見られたし、心からの感謝もされた。

そのことは、ルヴァートの小さくも確かな自信になった。

同時に、表には出すまいと封じ込めていた感情が、じりじりと膨らんでいくのも感じた。

（ティルカ……僕は、君を――……）

そこまでを思ったとき、ルヴァートは朗読の声が途切れているのに気づいた。

どうしたのだろうと、薄目になって周囲の様子を窺う。

途端、ルヴァートは息を呑んだ。

「……お休みになったんですか？」

いつの間にか、吐息がかかるほどの近さで、ティルカがルヴァートの顔を覗《のぞ》き込《こ》んでいた。

ややあって、体にブランケットをかけられる感触がした。このために近づいたのかと納得したが、ティルカの気配はまだ遠ざかることなくそばにある。

（なんのつもりだ……？）

眠ったふりを続けながらも、顔が熱くなるのがわかった。

寝顔を見られるというのは、相手が誰であれ気恥ずかしいものだが、それ以上の緊張を覚えてしまう。

ごく狭い視界の中で、白いものが迫った。

それがティルカの手で、前髪をそっとかすめられたのだとわかった瞬間、ルヴァートは反射的に目を開けた。

「きゃっ……！」

ティルカが悲鳴をあげ、座っていた椅子ごと倒れそうになった。まずいところを見られた自覚があるのか、その頬《ほお》は茹《ゆ》だったように赤く染まっている。

「お、起きていらっしゃったんですか⁉」

「実はね」

慌てふためくティルカに、ルヴァートは人の悪い笑みを浮かべた。

こちらも同じだけ動揺していることを隠すために、余裕めかした態度を取るしかなかった。

「ところで君は、僕にどんな悪戯《いたずら》をしようとしたのかな」

「い、悪戯だなんて……ただ、ルヴァート様が、その……」

「僕がどうしたの」

「その……とてもお綺麗だったので……もっとよく見ていたくて……」

（――それはないだろう、君）

正直で嘘をつかないところは、ティルカの何よりの美徳だ。

けれどこのときばかりは、適当なことを言って誤魔化《ごまか》してくれと願わずにはいられなかった。

どんな顔をすればいいのかわからず、照れ隠しなのかどうかも不明なことを口走ってしまう。

「綺麗っていうのは、基本的には女性に捧げられる褒め言葉だと思うけどね」

「そうかもしれませんけど、ルヴァート様はやっぱりお綺麗です」

混乱をきたしているティルカは、上擦った声で繰り返した。

「私が知ってる人の中で一番――いいえ、誰かと比べることも失礼なくらい、圧倒的にお美しいです。初めてお会いしたとき、王子様っていうのは天使か妖精のことなのかなって、本気で思ったくらいで」

（頼むからもうやめてくれ――）

ティルカがこれ以上とんでもないことを言い出さないうちに、ルヴァートは呆れたような苦笑を浮かべることに成功した。

「ありがとう、と言っておくべきなのかな。なんだか口説《くど》かれてるみたいだ」

最後のひと言が余計だったと気づいたのは、ティルカが弾かれたように立ちあがり、わたわたと口元を押さえるのを見たときだった。

「わっ……私、そんなつもりじゃ……すみません、お夕飯の準備をしてきます！」

同じ空間にいるのが恥ずかしくて耐えられないとばかりに、ティルカはバタバタと勉強室から走り去った。

一人にされたルヴァートは、天井を仰いで長い息をついた。

「……困るんだよ」

誰にともなく、悩ましく独りごちる。

自分だけが意識しているのなら、どうにか自制もできるけれど、もしかするとティルカのほうも同じ気持ちなのかもしれないと思ったら。

「こんなのは、本当に困るんだ――……」

窓の外はいつしか暗くなり、夕立ちにしては激しい雨が降り出していた。

勢いを増した風が窓ガラスを叩き、蝶番《ちょうつがい》を軋ませる。

気圧が下がった影響なのか、それとも別の理由からか、こめかみの奥に痛みを覚えて、ルヴァートはきつく目を閉じた。

◆　◆　◆

その日の夜。

ティルカは自室の寝台でうずくまり、恐ろしい轟音《ごうおん》を少しでも遮るべく、頭から掛け布をかぶっていた。

台風にはいくらか早い季節のはずだが、荒々しい突風がびょうびょうと吹きつけ、何もかもを押し流すような勢いの豪雨が降り注ぐ。

固く閉じた窓がガタガタと震え、鎧戸の隙間から白い稲光が閃《ひらめ》いた。

「ひっ……！」

遅れて響いた雷鳴に、ティルカは身をすくませた。

情けない話だが、雷だけは昔から苦手なのだ。孤児院にいた頃は、怯《おび》えて泣く子を慰めるふりで誰かにしがみついていられたけれど、今は一人で耐えるしかない。

（お願い、早くおさまって……）

震える体を抱いて、嵐が過ぎ去るのをひたすらに祈っていたときだった。

「ティルカ様、起きていらっしゃいますか？」

「シオンさん？」

ノックとともに響いた声に、ティルカは顔を跳ね上げた。

薄い夜着の上からガウンを羽織り、なんの用だろうと扉を開けにいく。

「こんな夜中にすみません」

顔を合わせると、シオンは申し訳なさそうに謝った。

「殿下がティルカ様をお呼びです。この嵐で寝つけないから、絵本を読んでもらいたいそうで」

「絵本を?」

「本当に子供じみた方ですよ」

呆れを隠そうともせず、シオンは言った。

「ブランデー入りのホットミルクよりも、ハーブを調合した睡眠薬よりも、ティルカ様の朗読には安眠効果があるっておっしゃるんです。とは言っても時間が時間ですし、もちろん断ってくださっても」

「行きます」

ティルカは間髪容《かんぱつい》れずに言った。

勉強室での出来事を思い出すと気まずいけれど、ルヴァートが自分を必要としているのなら、ぜひとも役に立ちたい。

「着替えますから、少しだけ待っててください」

一旦扉を閉じて、慌ただしくガウンと夜着を脱ぎ捨てる。

メイド服の代わりに愛用している装飾の少ないドレスに着替えると、その場にあるだけの絵本を抱えてルヴァートのもとへ向かった。

◆　◆　◆

部屋に入ると、ルヴァートは寝台の上で半身を起こしていた。

枕元で灯《とも》されたランプが、周囲を温かなオレンジ色に照らしている。

「失礼します」

「やぁ、来たね」

寝台脇の椅子に、ティルカはどぎまぎしつつ腰を下ろした。

てっきりシオンもついてきてくれるものだと思ったのに、彼は屋敷の見回りに行ってしまった。この別荘は意外に古くて、今夜のような天候だと雨漏りすることもあるのだという。

（夕方のこと……気にしてるのは私だけかしら）

思い出すと、今も赤面してしまう。

朗読の最中、ふとルヴァートのほうを見ると、眠る彼のプラチナブロンドが夕暮れの色に染まっていた。

彼の体にブランケットをかけながら、細くて柔らかそうな髪の美しさに魅入《みい》られて、「触ってみたい」と思ってしまった。

もちろん、初めは我慢するつもりだったのだ。

この三ヶ月間、「授業」を通じて大分打ち解けた気はしても、彼は王子で自分はメイドだ。身分の差を忘れてはならないと、何度も肝に銘じていたはずなのに。

——こんなにも綺麗な寝顔を見られるのは、今は自分だけだ。

それがルヴァートにとって、望まない怪我を負った末のことだと思うと、嬉しく感じてしまう自分は罪深いのかもしれないけれど。

ほんの少しだけ——と息を詰めて前髪に触れた瞬間、ルヴァートはぱちりと目を開けた。

あれが寝たふりだったなんて、本当に性質《たち》が悪いと思うけれど、疚《やま》しいことをしていたのはこっちなので責められない。

(気分を切り替えなくちゃ。ルヴァート様は、あんなことなんとも思ってらっしゃらないんだから)

慌てるあまり、おかしなことを口走ったティルカに対し、ルヴァートはあくまで泰然としたものだった。

『なんだか口説かれてるみたいだ』と言われたときは、気持ちを見透かされたかと焦ったけれど、きっとあれもただの冗談でしかないのだろう。

「いろいろ持ってきたんですけど……どの本を読みましょうか」

「今日の夕方の続きがいいかな。最後まで聞けなかったから」

「わかりました。いなくなった羊を探しに行く話ですね」

絵本のページをめくっている最中に、またも空がゴロゴロと不穏に唸《うな》った。

「怖い？」

身を強張《こわば》らせるティルカに、ルヴァートが首を傾げた。

「『雷』って字を教えたとき、言ってたよね。小さい頃からずっと、あの音が苦手だったって」

「――覚えていてくださったんですか？」

ティルカは呆《ほう》けたように呟いた。

文字を教えてもらいながら、ルヴァートとはたくさんの話をした。

その中で雷が嫌いだと打ち明けたかもしれないが、彼から言い出されるまで忘れていた。特に面白い話でもないし、ルヴァートだって特に興味を持って聞いていたとは思えないのに。

「ルヴァート様の記憶力はすごいですね」

「いや、そういうことじゃなくて……」

ルヴァートが何かを言いかけたとき、鎧戸越しに閃光《せんこう》が弾け、天が裂けるほど巨大な雷鳴が轟《とどろ》いた。

「いやぁっ……――！」

「ティルカ」

耳を塞ぐティルカの肩に、ルヴァートの手が伸ばされた。

温かくて硬い何かに、額がぐっと押し当てられる。

状況を理解するまでには、数秒の間が必要だった。

――ルヴァートに上体を引き寄せられ、彼の胸の中にしっかりと抱き込まれている。

(ど……どういうこと――?)

驚きが過ぎると、人は石のように無言になってしまうものらしい。

ティルカの背中に手を触れて、ルヴァートがぽつりと呟いた。

「震えてる。……やっぱり怖いんだ」

恐れを感じているとしたら、それは雷にではなく、この状況そのものだった。

髪に触れることすら憚《はばか》られる高貴な人に抱きしめられて、優しく背中を撫《な》でられて。

どうしてこんなことになっているのか、まったくもってわからない。

「来てくれてよかった。――僕のほうからは、二階の君の部屋を訪ねてはいけないから」

ルヴァートの言葉に、ティルカは驚いて顔を上げた。

身勝手な自惚《うぬぼ》れかもしれないし、勘違いだったらこれほど恥ずかしいことはないけれど。

「……私を心配してくださったんですか?」

暗闇の中、ティルカが一人ぼっちで怯えることのないように、「絵本を読んでほしい」という口実を設《もう》けて、この部屋に呼び寄せたのだろうか。

ルヴァートはそれには答えず、ティルカの赤毛を指で梳《す》いた。

「ティルカは、僕に自信をくれたから」

「自信？」

「動けない僕でも、君に字を教えてあげることができた。今もこうして
背中を抱き込む腕に、より力がこもる。

「雷に怯える君に寄り添って、慰めてあげられる。……そう思わせてほしいんだ」

すがるような響きに、ティルカは胸を打たれた。

脚が不自由になっただけで廃嫡とされたルヴァートは、これまでの努力の一切を否定されたような気がしたのかもしれない。

ときに高熱を押してまで公務や勉学に励んできたのに、積み上げてきたすべてのものは、一瞬にして瓦解した。

それが今、ティルカと共にあることで、己の存在価値を再び感じられるようになっているのだとしたら。

「ありがたいことです……ですけど、もったいないことです」

俯《うつむ》くティルカに、ルヴァートが怪訝《けげん》そうな顔をした。

「もったいないって？」

「読み書きを教えていただけるのも、こんなふうに気遣ってくださるのも、私は本当に嬉しいです。でもルヴァート様は、私なんかを相手にしてるだけで終わってしまう方じゃありませんから」

彼はもっと大きなことを成すべき人だし、できる人だ。

ティルカ一人に必要とされた程度で満たされてしまっているのなら、自己評価がそれだけ低くなっている証のようで、逆に切ない。

「私『なんか』なんてことはない。全然そんなことはないよ」

ルヴァートはむきになったように繰り返した。

「ティルカは優しいし、しかも賢い。学ぶ機会がなかっただけで、もともとはすごく聡明《そうめい》な女の子だ。それに……——こんなにも可愛《かわい》いし」

ティルカは耳を疑った。

唖然《あぜん》としてルヴァートを見つめたが、彼の表情は真剣で、冗談やからかいの気配はない。

それは、次に続けられた言葉も同じだった。

「——君が好きなんだ」

告げた端から、ルヴァートは苦しそうに目を伏せた。

「こんなことを言う資格がないのは、わかってる。花嫁として送り込まれてきた君を、僕は冷たく追い返そうとしたくせにね。体のことを考えれば、君を幸せにするどころか、迷惑をかけることのほうが多いだろうし……」

　呟く声には、自嘲の気配が滲んでいた。

「だけど、ティルカといると僕は呼吸が楽になる。君に笑いかけられると嬉しいし、勉強室に行くのが、いつの間にか毎日の喜びになってた。こんなことを言われて、君は迷惑かもしれないけど」

「そんなことはありません！」

　自分でもびっくりするような大声が出た。

　思わず口元を押さえたが、一旦飛び出してしまった言葉は、なかったことにはできない。

　この際だからと観念し、ティルカはしどろもどろになりつつ続けた。

「迷惑なんて、そんな……だって私は、ルヴァート様のおそばにいたくて、メイドにしてくださいと言ったんです。子供の頃から、ルヴァート様とお会いできる聖夜祭がとても楽しみだったから」

「それは、つまり」

　ルヴァートは、恐れと期待をないまぜにしたような面持《おもも》ちで囁いた。

「君も、僕を好きでいてくれたっていうこと？」

「……はい」

　頷いてしまったことを、ティルカはたちまち後悔した。

「ティルカ……！」

さきほどよりもっと強く、上体を掻《か》き抱《いだ》かれる。

端整な美貌が拳ひとつ分の距離まで迫り、心臓が高鳴りすぎて今にも死んでしまいそうだ。

「これから先も、ずっと僕のそばにいてくれる？」

ずっと憧れの存在だった王子様に、切羽詰まった様子で懇願される。

現実に起きていることだとは思えなくて、頭がくらくらした。

夢や幻なのだとしたら、できるだけ長く、この甘い時間に浸《ひた》っていたい。

「ルヴァート様が、そう望んでくださる限り——っ……」

言い終えないうちに、唇を熱いもので塞がれた。

驚いて硬直している間にも、触れ合うだけのキスは、より深いものになっていく。

「っ……ん、ふっ……」

唇を何度も食《は》みながら、ルヴァートの舌がその表面をなぞり、割れ目をくすぐる。

息苦しさに思わず口を開くと、するりと侵入されて、上顎《うわあご》を舐《な》められる刺激に声が出た。

「あんっ……！」

「キスは初めて？」

こんなことをしながら、ルヴァートはどうして器用に喋《しゃべ》れるのだろう。

かろうじて首を縦に振ると、笑みを含んだ吐息が聞こえた。

「光栄だな――ティルカの初めての相手になれた」

舌を絡められ、吸い上げられて、ちゅくちゅくと響く水音に意識が甘く濁っていく。

「ん、っふ、あ……ぅ……」

貪《むさぼ》るように口づけられて、執拗《しつよう》に口内を舐《ねぶ》り尽くされて。

混ざり合う唾液は媚薬《びやく》そのもののように、ティルカの全身をぞわぞわさせていく。

知らずルヴァートにしがみついていた腕が、痙攣するように震えた。

(嬉しい、けど……こんなの、もたない……っ……)

これ以上続けられたら、何かがどうにかなってしまう。

音《ね》をあげそうになった頃、ようやく唇を離された。

ほっとしたのも束の間、真顔になったルヴァートは、キスをする前よりも切迫した気配を纏っていた。

「今の僕にできることは限られてるけど……もっと君に触れたい。いい？」

それがどういう行為を指すのかわからず、戸惑う端から唇が首筋に押し当てられた。

敏感な皮膚を舌先で辿《たど》られ、あらぬ声が洩れる。

「ひゃっ……!? ル、ルヴァート様……何して……っ……」

ドレスの胸元に並んだボタンを、ルヴァートが巧みに外していく。

中に着ているのは薄いシュミーズ一枚きりで、男の人に見せていいような姿ではない。

「駄目です……駄目……！」

「そばにいてくれるっていうのは、こういう意味じゃないの？」

ルヴァートは拗《す》ねるようにティルカを見つめた。

「僕の恋人になって、いずれは花嫁に。それともやっぱり、こんな体の男じゃ嫌？」

「そうじゃありません。でも、本気なんですか……？」

一旦はそう決まっていたとはいえ、孤児院育ちの娘と本当に結婚するなんて。

「もちろんだ。子供は作れないけど——できる限りのことをして、君を愛したい」

「あっ……！」

シュミーズの上から胸に触れられ、びくりと肩が跳ねた。

ビスチェやコルセットは着けていないから、布地ごしに掌《てのひら》の体温が伝わってくる。

その厚みも、大きさも、やわやわと揉《も》み込《こ》まれる甘やかな未知の刺激も。

「や……ぁ、あぁ……っ」

「君の胸は柔らかいね。それに、すごくどきどきしてる——」

口づけを鎖骨に移しながら、ルヴァートは乳房の先端を親指で円《まる》く撫でた。

「っ、……あぁっ……！」

「くすぐったい？　それとも気持ちいい？」

柔肉《やわにく》にわずかに沈む強さで、くりくりと乳首を押される。

体中の血がそこに集《つど》ってじんじんしている感覚を、気持ちがいいというのなら、ティルカはまぎれもなく快感に取り憑かれていた。

「あ……あっ、あぁぁ……――」

答えはなくとも、声があがったことに満足したのか、ルヴァートは淫らな愛撫《あいぶ》を続けた。

「両方可愛がってあげないと不公平だね」

左右ともに胸を揉まれて、心地よさが倍になる。

ティルカの腰は椅子からずり落ちそうで、床についた爪先が震えた。

「直接見て、触っても構わない？」

快感にふわふわした頭では、何を尋ねられているのかよくわからない。

同意したつもりはなかったのに、前身頃の開いたドレスごと、肩からシュミーズをずり下げられた。細身の割に豊かな膨らみが、ふるりと揺れて飛び出してしまう。

「やっ……！」

「恥ずかしがらないで。君は僕の花嫁になってくれるんだろう？」

ルヴァートは優しく言って、ティルカの頬にキスをした。

「ベッドの上に乗れる？　僕の体を跨《また》いで……体重をかけてくれて構わないから」

腕を引かれて、ティルカはおずおずと靴を脱ぎ、寝台に乗り上がった。

ルヴァートには構わないと言われたけれど、感覚がない脚の上に座るのは躊躇《ためら》われて、膝立ちで体を支える。

そうなると、ルヴァートのちょうど目の前に裸の胸が来てしまう恰好《かっこう》になった。

「――すごく綺麗だ」

まろやかな稜線《りょうせん》を両手で辿り、ルヴァートは谷間に頬擦《ほおず》りした。

「不思議だよね。体は反応しなくても、好きな子を前にすると……こんなにも心が欲情する」

「あぁんっ……！」

ちゅっ、と音を立てて、ルヴァートの唇が色づいた先端を覆う。

硬くなった尖りを丹念に舐め転がされるごとに、電流が走るようだった。

唾液に濡れたそこに息を吹きかけられ、柔らかく吸われる。ティルカの喉からはひっきりなしに声が洩れ、淫らなそれを聞かれるのが耐え難《がた》くて、とっさに指の背を噛んだ。

「駄目だよ。僕の宝物に傷をつけることは許さない」

ルヴァートが上目遣いでティルカをやんわりと睨んだ。

「噛みたいなら、僕の肩でも指でも噛んでいいから」

ほら、と片手を差し出され、ティルカは首を横に振った。

「できません、そんなこと……」

「そう？　だったら一番いいのは、感じてる声をそのまま聞かせてくれることだけど」

まんまと嵌《は》められたような気分だった。

ルヴァートが再び乳首に吸いつくのに、声を殺すこともできずに翻弄《ほんろう》される。

「やぁ、あ……あぁあ、っ、は……！」

「ティルカ……ティルカ、可愛い……好きだよ……」

恥ずかしくて堪《たま》らないが、呪文のように繰り返される睦言《むつごと》に、抵抗の意志は奪われていく。

希望を失って無気力だったルヴァートが、これほど積極的になれることなら、やめてほしいとは言い出せない――そう思っていたのだが。

「下着を脱げる？　ティルカ」

「し、下着？」

出し抜けの要求には、さすがにぎょっとした。

「僕が脱がしてもいいけど、抵抗されると難しいから。できれば君が自分で脱いでくれると助かるんだけど」

「脱いで……それで、何をするんですか？」

「もっと気持ちいいことをしてあげるんだよ」

キスをしたり、胸を舐めたり吸ったりされるよりも、さらに気持ちのいいこと。

それはどんなものかと慄《おのの》く反面、ほんの少しだけ興味も湧く。

ルヴァートがわざとらしく声をひそめた。

「ねぇ。早くしないと、シオンが様子を見に戻ってくるかもしれない」

「そ……それは困ります！」

「だったら協力してほしいな。スカートはそのままでいいから」

唆《そそのか》されるままに、ティルカは覚悟を決めた。

土台、惚《ほ》れた弱味《よわみ》で、ルヴァートに逆らうことなどできるわけがないのだ。

「あんまり見ないでください……」

スカートの後ろを持ち上げて、下着の縁《ふち》に手をかける。

前側も大分めくれてしまって、白い太腿《ふともも》が見えていることにそわそわしながら、震える指でドロワーズを下げた。

片脚ずつをどうにか引き抜き、脱いだそれはくしゃりと丸めて背後に隠す。

「……これでいいですか」

「そうだよ。よくできたね」

こんなことで褒められるというのは、どうなのか。

釈然としないものを感じたが、そんなことはすぐに考えていられなくなる。

ルヴァートの手がティルカの膝に触れ、その内側をさわりと撫《な》で上げたから。

「怖くないよ。痛いこともしない」

強張《こわば》る内腿《うちもも》をさすりながら、ルヴァートの指は下着をつけない脚の付け根へと伸びていく。

「ひっ……！」

この上なく無防備な場所に中指をあてがわれた瞬間、ティルカはしゃくりあげるような悲鳴を洩らした。

「あぁ……少し濡れてるね」

自分でもどういう構造になっているのかよくわからないそこを、ルヴァートはティルカよりも知っているようで、花唇《かしん》をそっと割り開いた。

「あっ……や、そんなとこ駄目……触るの、駄目です……っ」

「どうして？」

「ルヴァート様の指、汚れて……あっ、あっ……やめて、やだぁっ……！」

「汚いことなんてないよ。こうすると、ほら……奥から溢れてくるのは、僕のすることに感じてる証の蜜だから」

指先が窪《くぼ》みを浅く擦るごとに、くちゅくちゅくちゅと濡れた音が響く。

潜《もぐ》り込んでいるのはせいぜい関節ひとつ分だろうが、誰にも拓《ひら》かれたことのない隘路《あいろ》には、それだけでも充分に窮屈だった。

「ルヴァート様……苦しいです……」

「そう？　じゃあ、こっちはどう？」

一旦抜かれた指が、今度は手前側にある何かを捉《とら》えた。

そこを撫でられた瞬間、ティルカの喉はひゅっと細い音を立てた。

「いっ……あぁっ、そこ、やぁっ……！」

「どんな感じ？　教えて」

「び、びりびりして……あっ、あっ……いやっ、何これ……っ」

肉の莢《さや》に包まれた薄紅色の淫芽《いんめ》をつつかれ、ぬるぬるした液体を塗りつけられる。

ルヴァートが触っているのは、豆粒にも満たない小さな器官なのに、そこから広がる喜悦はすさまじかった。下腹がざわざわして、腰がよじれて、膝の力が抜けそうになる。

「蕩《とろ》けた目をして……そんなに気持ちがいいんだ？」

ルヴァートが息をかすかに乱しながら、笑った。

「君を感じさせられて嬉しいよ。もっといっぱい悦《よろこ》ばせてあげるからね」

「あっ、やだ、あぁっ、あぁん……！」

外で閃《ひらめ》く雷の音も、もはやティルカの意識にはのぼらなかった。

耳に響くのは、己の股間から聞こえるいやらしい水音と、喉に絡まるような嬌声と、ルヴァートの色めいた囁きだけ。

「ここ、腫れて大きくなってきてる。……僕の指で摘《つま》めちゃいそうだね」

「っ、あっ⁉」

言葉どおりに二本の指先で淫玉《いんぎょく》をきゅっと揉み込まれ、いてもたってもいられない感覚に支配される。

すりすりくりゅくりゅと絶え間なく注がれる愉悦は、穢《けが》れない処女の身でやり過ごせるものではなかった。

正体不明の痺れがぐんぐんと高まって、ティルカは心底から怯えた。

「ルヴァート様、だめ……やめて……あっ、あああっ、やだ、怖い……！」

必死で首を打ち振っても、ルヴァートの巧妙な指戯《しぎ》は止まらない。

快感なのか暴力なのかも判然としない刺激が、とうとう限界を突破して、鮮烈な衝撃が突き抜けた。

「ん、やっ、あああ、あああぁっ――……！」

内臓という内臓を溶かすような熱が腹の底から湧き上がり、ティルカは生まれて初めての絶頂に放り出された。

陰核そのものが弾けたかと思うほどの快感に、腰全体がびくつき、視界が白く染まる。

ルヴァートの上に倒れかかることをかろうじて堪え、ティルカははぁはぁと肩で大きく呼吸した。

「もしかして今、達《い》っちゃった？」

問いかけられ、ティルカは朦朧《もうろう》とした視線をルヴァートに向けた。

「いく……って、どういう意味ですか……？」

「ああ、それも知らないのか。――ティルカは本当に無垢《むく》で可愛いね」

微笑んだルヴァートは、ティルカの愛液にまみれた指を、舌先でぺろりと舐めた。

なんという真似をするのかと瞠目《どうもく》するティルカの額に、自分の額をこつんとぶつける。

愛《いと》おしくてたまらないとばかりに、ティルカの瞳を覗き込みながら、ルヴァートは艶《つや》めいた声で宣言した。

「これから、もっとたくさんのことを教えてあげるよ。――僕の可愛い花嫁さん」

第四章　代償の蜜戯

「一体どんな魔法を使ったんですか、ティルカ様」

このところのティルカは、シオンからのこの手の質問に困っていた。

「最近のルヴァート殿下は、見違えるようにお元気で。就寝前の朗読を習慣にするようになってからですよね」

「……読み聞かせのせいで、寝つきがよくなったからじゃないですか」

オーブンから焼き立てのパウンドケーキを取り出しつつ、ティルカは苦しまぎれに答えた。

作業中もずっと纏わりついて質問責めにしてくるシオンは、口元にからかうような笑みを浮かべている。

（ルヴァート様とのこと、シオンさんはどこまで気づいてるのかしら？）

オーブンの熱気のせいだけでなく、ティルカの頬は火照《ほて》った。

『ティルカに本を読んでもらうと、やっぱりよく眠れたよ。これからは毎晩来てもらっても構わないかな』

嵐の夜の翌朝、ルヴァートは初めて食堂にやってきて朝食をとった。

食欲旺盛にすべてを平らげたあと、シオンの前でそう告げられて、ティルカは声もなくあわあわした。

（もしかして、昨日みたいなことをまたするの……？）

その予感はもちろん当たっていた。

夜毎《よごと》にティルカを呼びつけるルヴァートは、その体をたっぷりと愛撫し、覚えたての官能を引き出しては絶頂に導いて啼《な》かせた。

これが恋人同士の行為なのだと言われれば、ティルカには拒む術《すべ》がない。

（すごく恥ずかしいけど、ルヴァート様はいつも優しくしてくださるし。それに……正直気持ちいいし……）

心の中で思うだけでも赤面必至だ。

ティルカが常に寝不足で、メイドの仕事をしながらもよく欠伸《あくび》をしていること。

それに反してルヴァートは毎朝晴れやかな顔をしており、目に見えて上機嫌なこと。

その事実を結びつければ、二人の間に何があったか、勘のいいシオンなら察してしまっているかもしれない。

「すみませんけど、小皿を出していただけますか？　お昼ごはんを食べたばかりですけど、お腹《なか》に余裕があればお茶にしませんか？」

話題を反らしたくて言うと、シオンは嬉しそうに乗ってきた。

「それはぜひ！　さっきからシナモンの美味そうな匂いがして、涎《よだれ》が止まらなかったんです。どうせならサンルームに運びましょうか」

「そうですね。今日は晴れてますけど、暑すぎないし」

パウンドケーキと紅茶をトレイに載せて、居間に隣接されたサンルームに向かう。

天井も壁も透き通るガラスで囲まれた空間からは、美しい碧《みどり》に輝く湖が一望できた。

籐《とう》の椅子に腰を下ろし、焼き立てのケーキを二人して頬張る。

「んんっ……これはまた絶品ですねぇ！」

「余り物の材料で作ったんですけど、気に入っていただけたならよかったです」

「ティルカ様は、本当に働き者ですね。このあとまたルヴァート殿下との授業でしょう？　この頃は、前より勉強時間が長くなっているようですが」

「ええ。文字だけじゃなく、他にもいろいろなことを教わっているんです」

「他にも？」

「この国の歴史とか、芸術とか、経済のことなんかも。ルヴァート様がとても丁寧に教えてくださるので、難しいですけど楽しいです」

シオンにはまだ言えないが、それらはルヴァートの花嫁になる準備のためでもある。

晴れて恋仲になった以上、ルヴァートはなるべく早く結婚式を挙《あ》げたいようだったが、ティルカにはまだ躊躇《ちゅうちょ》があった。

王位継承権がなくなったとはいえ、ルヴァートがこの国の王子である事実は変わらない。彼の妻になるということは、ティルカもまた王族の仲間入りをするということだ。

ゴードンの屋敷にいた頃は現実味がなかったけれど、ことここに至り、自分があまりに無知で気品のかけらもないことが、ティルカは急に怖くなった。

いまさら何をしたところで、生まれながらの淑女には決して敵《かな》わないだろうが、ルヴァートの両親に紹介される前に、もう少しマシな自分になっていたい。

ティルカの思いをルヴァートは理解し、それならば、自分が引き続き教師役を務めようと言ってくれた。

知識面では彼に頼ることにさせてもらい、ティルカはティルカで、ゴードンの屋敷で侍女に教えられた美容法を遅まきながら実践している。垢抜けない見た目をどうにかすべく、少しでも肌や髪を磨き立てるのだ。

（蜂蜜のパックをして、牛乳のお風呂に入って……髪の毛は卵の白身で洗うのがよかったのよね？）

必要なことだとわかっていても、貧乏性のティルカとしては、食べ物を粗末にしているようで心苦しい。

もっとも効果は少しずつ現れているようで、ティルカの体に触れるたび、ルヴァートが変化に気づいて褒めてくれるのは嬉しかった。

（今夜も、ルヴァート様のお部屋に行く前にお風呂に入らなきゃ）

なんのために身を清めるのかと思うと、また顔が熱を持つ。

ちょうどそんなことを考えているところだったから。

「あれ？　どうしましたか、殿下」

サンルームの戸口を見やったシオンの声に、ティルカは激しく噎《む》せた。

「ル……ルヴァート様⁉」

「何をしてるのかな。楽しそうに、僕抜きで」

車椅子で近づいてきたルヴァートは、微笑んでいるが目が笑っていなかった。

「ティルカ様の手作りケーキをいただいてるんですよ」

「――ティルカの手作り？」

シオンの答えを聞くなり、ルヴァートの声は明らかに一段低くなった。

「どうして僕を誘ってくれないんだ」

「あっはは、露骨に嫉妬しますねー」

茶々を入れるシオンを、ルヴァートはぎろりと睨んだ。

「シオンさんが悪いんじゃありません。私からお茶に付き合ってくださいって言ったんです」

シオンが責められてはならないと、ティルカは彼を庇った。

「君のほうから……？」

ティルカの発言に、ルヴァートはよりショックを受けたようだった。

動揺する主人の様子が面白くてたまらないらしく、シオンはくくと喉を鳴らした。

「そんなにおっしゃるなら、殿下も召し上がったらいかがですか。ものすごく美味《うま》いケーキですから」

「当たり前だろう。ティルカの作るものが美味《おい》しくなかったことなんてない」

「あっ、でも……！」

止めようとしたが、遅かった。

シオンが切り分けたケーキを、ルヴァートはフォークさえ使わず、手摑みで齧《かじ》りついた。
二、三度咀嚼《そしゃく》するなり、その顔色が変わる。
「……む……」

「すみません！　それは、ルヴァート様の嫌いなニンジンが入ったケーキなんです！」

ティルカは慌てて謝った。

食材を届けてくれる農夫が持ち込んだ野菜籠の中に、たくさんのニンジンが入っていたのだ。

ルヴァートが食べてくれないのはわかっていたので、自分とシオンだけで使い切ろうとしたのだが、ニンジンをメインにするメニューはそう多くない。

苦肉の策として、大量のニンジンをすりおろして生地に混ぜ込む、シナモン風味のパウンドケーキを作った。まさか、こんな形でルヴァートが口にするとは予想もせずに。

「うん……なかなか美味しいよ？」

恋人の前で情けない姿を見せられないと思ったのか、ルヴァートは意地になったようにケーキを食べきった。

「僕だってもう、大人だからね。ニンジンのひとつやふたつ――」

「そう言いながら、涙目になってらっしゃいますけどね」

「黙れ、シオン」

唇を尖らせたルヴァートの子供っぽい表情に、悪いと思いつつ、ティルカは忍び笑いを洩らしてしまった。

「ティルカ……今、笑ったね？」

プライドを傷つけられたのか、ルヴァートがむっとした顔をする。

そうして、彼は不穏な言葉を告げた。

「覚悟しておくといいよ。――今夜の『読み聞かせ』は、いつもより長くなりそうだから」

◆　◆　◆

その日の夜、ルヴァートの部屋では、荒い呼吸混じりの非難が響いていた。

「お……大人げないです、ルヴァート様っ……！」

「大人げないって言うけど、子供がこんなことをするかな？　ほら、もっとお尻を上げてくれないと、僕の舌が届かないよ」

「あぁっ……こんな恰好、いやぁ……――」

己のあまりの痴態《ちたい》に、思考を手離してしまいたくなる。

ティルカは今、寝台の上で、腰だけを高く掲げた四《よ》つん這《ば》いの姿勢を取らされていた。

下着を脱ぐよう命令され、スカートもめくりあげられているから、剥《む》き出《だ》しのお尻と性器が丸見えだ。

そのはしたない部位を、こともあろうに、ヘッドボードに寄りかかったルヴァートの顔前に突き出している。

くぱりと割れた赤い秘裂《ひれつ》を、さきほどからルヴァートは執拗に舐めしゃぶり続けていた。

シオンと二人だけでお茶をしていたことと、拗ねるルヴァートを笑ったこと。

それらの仕返しだと称して、尋常なら考えられないような恥ずかしい「罰」を強《し》いられているのだ。

「嫌だって言うけど、本当に？　いつもよりぐしょぐしょに濡れてるくらいなんだけど」

意地悪く言いながら、ルヴァートはティルカの尻たぶを柔らかく捏《こ》ね、左右に大きく割り広げた。

そんなことをされては、熟れきった蜜口《みつくち》のみならず、何があっても秘めておきたい後ろの窄《すぼ》まりまで晒されてしまう。

「やっ……許して！　嫌です、お願い……！」

「必死になってるティルカの声は、僕をぞくぞくさせるね」

ルヴァートは喉の奥で低く笑った。

「もっともっと追い詰めて、じっくり苛《いじ》めてあげたくなる――……」

首をもたげたルヴァートが、濡れそぼつ花床《はなどこ》にまたも口をつけた。

「やぁっ……中、ぐりぐり……いやぁぁっ……！」

表面だけを刺激するのではなく、不埒《ふらち》な淫虐《いんぎやく》は膣道の内部にまで及んだ。

尖らせた舌が突き立てられ、溢れる蜜を啜りながら縦横無尽に蠢《うごめ》く。

舌とは味覚を感じるための器官でありながら、持ち主の意志で自在に動く筋肉でできていることを、こんな形で思い知らされてしまう。

「んっ、んっ……あぁ、う……やぁっ……」

「ねぇ、達《い》く？　これ、続けたら達っちゃいそう？」

ティルカに余裕は一切ないのに、悠々と尋ねるルヴァートが憎らしい。

「ここを、こうして……直《じか》に舐めて気持ちよくしてあげたいって、ずっと思ってた。君の雫す蜜が甘いことは、とっくに知っていたしね……んっ……」

ティルカの秘処を弄《いじ》って愛液まみれになった指を、ルヴァートは目の前でよく舐めた。

お腹を壊してしまうかもしれないからやめてくれと、ティルカは何度も訴えたのだが、彼はちっとも取り合わなかった。

「ティルカとなら、他にいくらでもしたいことがあるんだよ。君は可愛くて……恥ずかしがり屋なのに従順で……何より、とっても感じやすいから」

「あぁぁぁ……あっ……あぁっ……はぁうっ……！」

ただでさえぬるぬるの蜜洞《みつほら》を、より滅茶苦茶にするように、ルヴァートの舌は奥までぐりぐりと攻め立てる。

拓《ひら》かれていくその感触は、ティルカに切迫した飢えのようなものをもたらした。

(もっと──奥のほうに、何か……)

──何かもっとすごいものが、体の奥で眠っている気がする。

それは、ルヴァートに肉体を愛され続けるうちに、徐々に覚えつつある感覚だった。

こういう関係になってから、巧みな愛撫で絶頂を感じない日はなかったけれど、それはいつも「外のほう」──ルヴァートからは、クリトリスというのだと教えられた箇所でだった。

『本当は、中のほうでも達せるはずなんだ』

連日の手《て》解《ほど》きの中で、ルヴァートはそう言った。

『女性の悦《よろこ》びは、そっちのほうが深いって説もある。僕は男だからわからないけど、それが本当ならティルカにも味わわせてあげたいよ』

どうしてそんなことを知っているのかと尋ねれば、王族たるもの、跡継ぎを残すことが使命のひとつであり、性知識に通じていることも必要だからだと答えられた。

それを聞いて、ティルカは複雑な気持ちになった。

これらの性技を、ルヴァートがどのように会得《えとく》したのか——実際に誰かと睦《むつ》み合ったのかという、もやもやした嫉妬もあるが。

（跡継ぎを残すことが大事——だからルヴァート様は、王位を継げなくなってしまったの？）

生殖能力をなくしただけで、王太子の座を追われるというのは、ティルカからすればひどく理不尽に思える。

子を生《な》すこと以外にも、為政者には視野の広さや慈悲深さなどが求められてしかるべきだ。そういう意味では、第二王子のアティウスよりも、ルヴァートのほうが今も国王にふさわしいはずなのに——。

「別のことを考えるくらい余裕があるの？」

ティルカがぼんやりしていることを察したのか、ルヴァートが不満そうに言った。

「もっと何も考えられなくなるまで、ここをぐちゃぐちゃにしないと駄目ってことかな」

「あっ……あぁっ、指、やぁあっ……！」

舌の代わりに二本の指をねじ込まれ、じゅぷじゅぷと抜き差しを始められた。

体の中に何かを挿《い》れられることは、まだ慣れない。明け渡してはいけない場所に無理やり侵入されるようで、いつも不安だし恐ろしい。

「あっ、ああっ……抜いて、くださ……」

「痛い？」

「痛くは、ないです……けど、怖い……っ」

「ティルカはよく、こういうときに怖いって言うよね」

囁きながら、ルヴァートは汗ばむ太腿に口づけた。

「だけどそれは、中で感じる気持ちよさをまだ知らないからだよ。人は誰も未知の体験が怖い。僕だって、脚が動かなくなったときは、これからどうなるんだろうって怖くて堪《たま》らなかった」

「ルヴァート様も……？」

こんなときにする話題ではないかもしれないが、彼が自身について話すことは珍しくて、思わず振り返ってしまう。

「不安だったし、先が見えずに悲観したけど、そのおかげでティルカが来てくれた。打算抜きで僕を好きだって言ってくれた君に、精一杯報《むく》いたいんだ。だから、もっと僕を信じて。怖がらないで身を委《ゆだ》ねて――……」

なんだか丸め込まれたような気もするが、ルヴァートが本気でティルカに感じてほしいと思っていることは伝わってくる。

「んっ……あっ、あああぁっ……」

膣内を擦りあげられて、腹の奥がぞわぞわした。秘裂はたっぷりの蜜を吐いているし、摩擦によって中が傷つくということもないけれど。

「っ、ひ……んっ……く……」

異物感が、まだつらい。

普段は閉ざされている場所をこじ開けられる感覚は、いずれ快感に繋がるのかもしれないが──その予感だけはわずかにあるが、体の表面を触られているときの愉悦とは、また別のものだ。

「気持ちよくない？　……指だけじゃ、足りない？」

ルヴァートが溜め息をついて指を抜いた。

はっきり言って、ティルカはほっとした。その反面、ルヴァートの言うとおりに中で達せない自分が、未熟で申し訳ないような気になる。

「すみません……」

「いや。──実は今夜は、こんなものを用意してみたんだ」

ルヴァートがチェストの抽斗《ひきだし》を開け、何かを取り出す。

差し出されたものを見て、ティルカは首を傾げた。

「なんですか、これ？」

よくよく見ても、ティルカにはその正体の予想もつかなかった。

色は、黒と琥珀《こはく》が入り交じったような複雑な斑《まだら》。

パン生地を伸ばすめん棒よりもひと回り太くて、長さはそれよりも短い。こちらに向けられた先端が丸く膨れて、亀の首を思わせる形をしている。

「水牛の角でできた張形だよ」

「はりがた？」

「興奮状態の男性器を模したもの、って言えばわかる？」

「はぁ……男性……ええっ……!?」

オウム返しに呟きかけて、ティルカはぎょっとした。

（お……男の人のって、こんな形をしているの？　こんな……すごく大きな……）

「興味を持ってくれた？」

思わずまじまじと見つめるティルカに、ルヴァートは恐るべきことを言った。

「これだけの長さと太さがあれば、君のいいところに届くかもしれない」

「!?　まさか、これを……――」

「うん。君の中に挿《い》れるんだよ。そのために作られた道具だからね」

何をしれっと言ってくれているのかと、ティルカは蒼白《そうはく》になった。

「無理です、絶対入りません……！」

「よく馴《な》らせば大丈夫だって」

「だ、大体そんなもの、どうやって用意したんですか⁉」

「シオンに頼んで買ってきてもらったんだけど」

当たり前のように答えられて、目を剥《む》いてしまう。

「もしかしてそれは、使用目的を伝えて……ですか……？」

「僕自身が使うと思われても困るしね」

「どう使うんですか⁉　っていうか、シオンさん……ああ、もうっ……！」

ティルカは呻きながら顔を覆った。

（何が、『一体どんな魔法を使ったんですか』よ。全部知られてたなんて恥ずかしすぎる……！）

ルヴァートと恋仲になったことくらいは気づかれているかと覚悟していたが、こんな卑猥《ひわい》な道具を必要とする事態まで把握されているとは――明日からどんな顔でシオンの前に立てばいいかわからない。

「あのね。僕だって、シオンに頼むのは本意じゃなかったよ」

羞恥に身悶《みもだ》えるティルカに、ルヴァートは溜め息をついた。

「ほんの一瞬でも、ティルカのいやらしい姿を想像されると思うと、堪らなく嫌だった。だけど自分では動けない以上、仕方ないんだ。これで少しでもティルカが悦《よ》くなれるならって、恥を忍んで用意してもらったんだよ」

真面目な口調で言われて、ティルカは少し冷静になった。恋人との秘め事を、他人に知られて喜ぶ人間は確かに少ないだろう。

逆に言えば、ルヴァートはシオンをそれだけ信頼しているということで——彼のためには、そういう従者がそばにいてくれることを感謝すべきなのかもしれない。

「とにかく、そんな思いまでして手に入れたものだから。少しくらいは試してみない？」

「少し……ですか？　本当に？」

「うん。君が嫌なら、すぐにやめていいから」

迷いに迷った挙句、ティルカは小さく頷いた。

張形とやらの使用感を試してみたかったわけではなく、ルヴァートの努力——と言えるのかどうかも微妙だが——を無碍《むげ》にするのは悪いような気がしたからだった。

「じゃあ、まずはこれを舐めてみて」

「え？　舐める？」

「よく濡らしておかないと、入れるときに大変だからね」

「そういうものなんですか？」

まことしやかに言われて、首を傾げながらも、突き出された張形の先に舌を這わせた。

「……んっ……」

だった。

当たり前だが、ひんやりと冷たいだけでなんの味もしない。

水牛の角というと荒々しい印象だが、よく研磨されているのか、表面はつるつるとなめらかだった。

「……これはいい光景だね」

ルヴァートが息を詰めてこちらを眺めている気配がした。

「もっと下のほうも……先端に向けて、舐め上げるみたいに……全体に唾液をまぶしてみて」

「こう、ですか……?」

ルヴァートの命令に従うためには、もっと舌を突き出さなくてはいけないし、たくさんの唾を湧かせなければいけない。

ぴちゃぴちゃちゅくちゅくという音が立ち、ティルカは急に、とてつもなく恥ずかしいことをさせられている気になってきた。

「も……もういいですか?」

「まだだよ。口を大きく開けて……できるだけ奥まで咥《くわ》えるんだ」

そろそろと開いた口に、ぐいっと硬いものが押し入ってくる。

口蓋《こうがい》の奥に当たって、えずくような感覚に襲われたが、普段よりも熱を帯びた瞳のルヴァートを前にして、拒むことはできなかった。

「中でも舌を動かして。いっぱい吸って、しゃぶって、濡らして……これが本物なら、根本から溶かされそうなくらいに……」

「ん……んっ……ふっ……んぅう――……っ」

小さな口腔《こうこう》をいっぱいにされて、息が苦しかった。

鼻で呼吸すればいいのだと頭ではわかっているが、慣れない行為に集中するのが精一杯で、空気がうまく取り込めない。

「ああ、ごめんね。苦しいか」

涙目になったティルカに気づいて、ルヴァートが名残惜しそうに張形を抜いた。

だが、本当に大変なのはその後だった。

「僕に向けて、脚を開いて。ゆっくり少しずつ挿れるから」

寝台の上にお尻をつけて、ティルカは大きく両脚を開かされることになった。

「力を抜いていて。いくよ――……」

「っ……ひぁあ……っ！」

ぐぷぷぷっ――と硬い張型が、蜜洞《みつほら》を割り裂くように入ってくる。

指や舌とは比べ物にならない圧迫感に、入り口がぎちぎちと広げられ、恥骨《ちこつ》に鈍い痛みが走った。

「い、いた……痛いです……」

「もう少し我慢すれば、気持ちよくなれるかもしれないよ？」

突き刺さったままの張形を、それ以上奥には進めず、ルヴァートはゆるゆると左右に回した。先端の突起が蜜壁をごりゅっと擦り、ティルカの下腹がびくつく。

「はぁんっ……！」

ほんの小さな動きでしかないはずなのに、体は大きな衝撃に見舞われた。張形を緩慢に揺すられて、押し殺した悲鳴が洩れる。

「どう？　いい？」

「わか……わかりませ……あっ、あっ、んぁ、やぁあっ……！」

ティルカは本当にわからなかった。

痛いといえば痛いし、苦しいかと訊《き》かれれば苦しいし、気持ちがいいと思えば気持ちがいい。

初めは股間が裂けてしまうのではないかと思ったが、時間をかけて馴染まされるうちに、じわじわと綻んでいくのが感じられた。驚くべきことだが、女性のそこは出産にも耐えられるようになっているのだから、当然なのかもしれなかった。

「ティルカが自分で持ったほうがいいのかな」

ルヴァートがティルカの右手を取り、張形を握らせた。

いきなりこんなものを掴まされても、ティルカとしては戸惑うばかりだ。

「えっ……あの、どうすれば……」

「君のいいように、自由に動かしてみて。僕は違うところを触ってあげるから」

ルヴァートはドレスの胸元をはだけさせ、現れた双乳《そうにゅう》を揉み立てた。

その刺激は、すでに馴染まされたものだった。厚い掌《てのひら》に擦れる乳首が、たちまちこりこりと芯を持って疼き勃《た》つ。

「んっ……んっ、ああ……」

「気持ちよさそうな声が出てきたね」

ルヴァートの指が隆起した乳首を摘《つま》んで、きゅうっと強めに搾《しぼ》りあげた。

「ふにふにした感触も好きなんだけど、君のここはもう、触れた瞬間に硬くなるよね」

「あっ……だって……だってぇ……」

毎晩のようにルヴァートの指や舌で可愛がられているのだから、敏感になるに決まっている。

「君の好きなように弄《いじ》ってあげるから——ほら、手を動かして」

「ああっ……あぁん……」

ティルカは恐る恐る、握らされたものを浅い場所で抜き差ししてみた。

じゅぷっ……ぬぷっ……と淫らすぎる水音が響き、耳を塞いでしまいたくなる。

ルヴァートに乳首をあやされているせいなのか、さっきよりも明確な快感を拾えているような気もした。

「君の大事なところが広がって、張形を呑み込んでるのがよく見える。これが、もし僕のだったら——……」

言いかけて、ルヴァートは唇を噛んだ。

切なそうなその表情に、ティルカははっとした。

やたらと張形を使うことにこだわるのは、自分自身ではティルカと繋がれないことの代償行為なのだろうか。

（これが、もしもルヴァート様のだったら……）

想像した瞬間、子宮のあたりがきゅうっと甘く引《ひ》き攣《つ》れた。

ルヴァートの裸を見たことは一度もないが、本来の彼には、この張形と同じくらい――もしかすると、もっとたくましいものが備わっていたのかもしれない。

それを惜しむような気分になって、ティルカは慌てて目をつぶった。

自分は、今のままのルヴァートが好きだ。

肉体的にも繋がりたいと思うなんて、ルヴァートにとっては、ひどく残酷なことに違いないのに。

「……君とひとつになれたらな」

ルヴァートのほうからそう言い出して、ティルカはどきりとした。

「抱きたいよ。本当は、ティルカを滅茶苦茶に抱きたい。君の奥まで入り込んで、温かい場所に包まれて、子種を放って……――ティルカに僕の子を産んでほしい」

かすれた声で吐露《とろ》される欲望に、ティルカの胸はひりつくような痛みを感じた。

ティルカを満たしてあげたいとルヴァートはよく口にするが、本当は彼だって性の喜びを諦めたいわけではなかったのだ。まだ若いのだから、当然だ。

（いつも私ばっかり……そんなのって……）

ルヴァートにとって不公平な状況に甘んじていたことに気づいて、快楽を覚える体がにわかに厭《いと》わしくなる。

「ああ、ごめん」

ティルカの表情の変化に気づいたのか、ルヴァートが苦笑した。

「そんなふうに、傷ついた顔をしないで。今言ったことは本音だけど、ティルカを気持ちよくしてあげたいのも本当だから」

胸を包む片手が下のほうに伸びて、官能を司《つかさど》る肉粒を捉えた。

「やっぱり今は、ここが一番感じるみたいだから……触ってあげる。好きなだけ乱れて」

「ひゃんっ……あぁああ……！」

焼けるように熱く、鋭い快感が下肢《かし》を貫く。

半端に高まっていた興奮にさらなる燃料が足されたように、しこりきった肉芽を転がされるたび、高い嬌声があがった。

「あっ、や、くりくりしちゃ……ぁ、ぁあ、はっ、やぁあぁっ……！」

「僕の指を押し返して、ぷっくりしてきた。――小さくて可愛い紅玉《ルビー》みたいだ」

ルヴァートの繊細な指は、時に緩慢に、時に性急に、様々な動きで悦楽を織りなしていく。

「今度、君のここにそっくりな色の紅玉をプレゼントしてあげようか。指輪か、イヤリングか、ブローチか……何に仕立てるのがいいかな」

「そ……そんなの、いりません……っ」

「欲がないね、僕のティルカは」

ルヴァートはふふっと笑った。

「じゃあせめて、今だけはおねだりしてごらん。ここが弾けそうに膨らんで、張形もこんなにべとべとで……そろそろ達きたくなってきたよね？」

「あっ……あっ……ぁああっ……」

がくがくと震えながら、ティルカは夢中で頷いた。

膣内の快感はまだ味わいきれないけれど、こうして陰核を巧みに刺激されれば、矢《や》も楯《たて》もたまらず極みに駆け上がりたくなってしまう。

「だったら、言って。僕が何度も教えたとおりに」

その命令に従うことは、正直抵抗があった。

けれど、お腹の奥で燻《くすぶ》る欲望が、これ以上の意地を張ることを許してくれない。肉体の浅ましさに啜《すす》り泣《な》きながら、ティルカは口を開いた。

「い……いきたい、です……」

「どうやって？」

「ルヴァート様の、指で……私の……ク、クリトリスを……いっぱいコリコリして、いかせてください……っ！」

「そうだよ。だんだんおねだりが上手になるね」

ティルカがいやらしい要求を口にしない限り、ルヴァートはどれだけでも焦らして、絶頂をおあずけにしてしまう。

「張形は最後まで抜いちゃ駄目だよ。今からここをたくさん擦って、押し潰して、ぬるぬるにしてあげるから」

言葉どおりに、ルヴァートはティルカの弱点を、ぬちぬちと思う様《さま》に捏《こ》ねくり回した。

ティルカの視界も頭の中も、瞬時に真っ白になる。

「ん、ああ、あぁぁぁああ、あああ……――――っ！」

秘玉《ひぎょく》を中心に大きな快感が弾け、咥え込んだ疑似男根をぎゅうぎゅうときつく締めつけながら、ティルカはようやく訪れた甘美な極みを享受した。

手首から力が抜け、今も収縮を続ける膣内から、ずるりと張形が押し出される。

その奥から、さらに大量の蜜がとろとろと溢れて敷布を汚した。

「……今日もまた、中では達けなかったみたいだね」

汗だくのティルカを抱き寄せながら、ルヴァートは悔しそうに呟いた。

「さっきも言ったけど、できることなら僕自身で満たしてあげたいんだ。なのに、こんな偽物を使うしかなくて——本物のセックスを教えてあげられなくて、本当にごめん」

「謝らないでください。私は、ルヴァート様とこうしていられるだけで幸せなんです」

ティルカはルヴァートに向き直り、落ち込んでいるらしい彼に告げた。

自分からこんなことを言うのははしたないと思いながら、勇気を振り絞って尋ねる。

「あの、許していただけるなら……キスをしてもいいですか？」

「キス？」

「はい。ルヴァート様とキスをするの、好きなんです。……とても」

「もちろんだよ。おいで」

ルヴァートが腕を広げてくれるのに甘えて、その胸にどきどきしながら収まった。

至近距離で見つめる美貌は、すでに充分見慣れたはずなのに、いまだにティルカをうっとりさせる。

「……ん……」

ティルカからのキスは、軽く重ねるだけのものだったが、ルヴァートはそれだけで終わらせる気はないようだった。

ちゅっちゅっと啄《ついば》んでは押し当てる優しいものから、徐々に深みを探るものに変わっていく。

「……う……んっ……あっ、駄目です……」

口をこじ開けられ、舌を絡められ、溺れるような心地になって、ティルカはどうにか顔を引き離した。

「どうして駄目なの？」

「だって……こんなふうにされたら、また……」

「また気持ちよくなりたくなっちゃうから？」

「ルヴァート様！」

からかわれたティルカは、真っ赤な顔でルヴァートを睨んだ。

怒っているのは図星をつかれたからだとは、意地でも認めたくない。

「もう、今夜はここまでです」

乱れた衣服を直してから、ティルカはルヴァートを横にならせた。

彼の体を抱《かか》えて立ち上がらせたり、車椅子に座らせたりといったことも、シオンからコツを聞いてできるようになっていた。

そうして、彼から教わったことは他にもある。

さっきまでのいかがわしい空気を断ち切るように、ティルカはメイドらしく言った。

「今夜もマッサージをしておきますね」

「ああ、ありがとう」

ティルカはルヴァートの足元に回り込み、掛け布をめくった。

片方の足を両手で包み、親指で土踏まずを押すことから始めていく。

リハビリをしても回復しないと診断された下半身だが、ずっと動かさないままでいると、血流が滞ってむくみやすくなる。

それを防ぐために、ときどきこうして血行を促す必要があった。これまではシオンがその役目を担《にな》っていたが、就寝前のマッサージだけは、「読み聞かせ」の延長でティルカが引き受けることになったのだ。

寝間着の裾をたくしあげ、足首から膝下にかけて押し上げるように刺激していく。

つい「気持ちいいですか」と聞いてしまいそうになるが、一切の神経が麻痺した脚は、何も感じないはずだった。

「っ……――」

「どうしたんですか？」

ふいに小さな声を聞いて、ティルカは顔をあげた。

ルヴァートが瞳を見開き、ゆっくり大きく瞬《まばた》きした。

「いや……なんでもない。ちょっと、喉がいがらっぽい気がして」

「お水を持ってきましょうか？」

「大丈夫だよ。気にしないで続けてくれるかな」

「わかりました。ところで、明日の朝食は何を召し上がりになりたいですか？」

「ニンジン以外ならなんでもいいよ」

「まだ厨房にたくさん余ってるんですけど……これを機会に、少しずつ食べられるようになってみませんか？　ニンジンにはいろいろな栄養が含まれてるんですから」

「嫌だ」

「ルヴァート様」

「嫌だったら嫌なんだ」

「聞き分けのない王子様ですね」

なんでもないこんなやりとりが、とても幸せに思える。

駄々《だだ》っ子のように言い張るルヴァートに呆れながら、笑いながら、その日の夜は更けていったのだった。

第五章　森の中の奇跡

「よし。準備完了――っと」

作り立てのサンドウィッチをバスケットに詰め終えて、ティルカは清々《すがすが》しい笑みを浮かべた。

今日の昼食は、別荘周辺の散策がてら、ルヴァートと外で食べることにしている。季節は秋に移り、少々肌寒くなってきたので、水筒の中身は蜂蜜入りの温かいミルクティーだ。

外に出ることを拒んでいたルヴァートだが、ティルカと共にいることで、少しずつ行動範囲が広がっている。

今までにも車椅子を押して散歩をしたことはあるけれど、今日は森の中にまで足を踏み入れる本格的なピクニックにするつもりだった。

いそいそとバスケットを持ち上げながら、ふと思う。

(そういえば、昨日もルヴァート様はシオンさんと一緒だったのね)

最近のティルカは、以前のように連日連夜、ルヴァートの部屋に赴《おもむ》くことはなくなっていた。

「授業」の内容が次第に難しくなっていき、復習と予習の時間を増やさなければ、とてもついていけなくなったからだ。

『二日に一度は、自分の部屋でしっかり勉強したいんです』

ティルカがそう言い出したとき、ルヴァートは面白くなさそうに頬杖をついた。

『ふぅん。ティルカは僕といちゃつくより、一人で小難しい本を読んでるほうが楽しいんだ？』

『そういうことじゃありません』

ティルカは慌てて弁解した。

『でも、ちゃんと知識や教養を身に着けないと、ルヴァート様のお嫁さんになれませんから。怒らないでください、ごめんなさい……』

謝るティルカに、ルヴァートはむっとした顔のまま間を置いて、最後に小さく噴き出した。

『怒ってないよ。ティルカがそうやって頑張ってくれるのは、すごく嬉しい。僕の好きになった子はなんて健気《けなげ》で勤勉なんだろうって、感動してるくらいだ』

『でしたら……』

『だからって、寂しくないわけじゃない。——覚えておいて』

釘《くぎ》を刺すように、ルヴァートはティルカの鼻先をつついた。

『ティルカに相手をしてもらえないと、僕は拗ねるから』

『す、拗ねる？』

『そう。おあずけを喰《く》らった分だけ、二人きりになったときは、たっぷり埋め合わせをしてもらう。了解？』

誘い込むような笑みにつられて、そのときはつい頷かされてしまった。

二日に一度だったはずの予復習は、やがて三日に二度になった。その後も学ぶべきことはどんどん増えていったので、今ではルヴァートの部屋に行くのは、四日に一度ほどだ。

その代わりというのも変だが、ルヴァートは眠る前にシオンを呼びつけ、遅くまで二人で過ごしている。

一度、何をしているのかとシオンに訊《き》いてみたところ、『男同士の益体《やくたい》もない話をしているだけですよ』と答えられた。

『晩酌に付き合ったり、チェスの相手をしたりしながら、殿下の恋人がいかに可愛らしいかって惚気《のろけ》を聞かされているんです。一言一句、具体的にお伝えしましょうか？』

にやにやしながら尋ねられ、ティルカは全力で首を横に振った。

ルヴァートとの関係は、完全にシオンの知るところとなってしまったが、彼にとっては主人の幸せが何よりなので、からかいつつも祝福してくれているようだ。

——とはいえ、ひとつだけ不可解なことがある。

（昨日もルヴァート様の部屋から、音が聞こえた気がしたけど……）

ティルカに与えられた部屋は二階にあるが、ルヴァートの私室はその真下に位置している。

机に向かって勉強をしていると、ときどき床下から物音が響くときがあった。ある程度の大きさのものが倒れたり、壁にぶつかったりするような鈍い音だ。

ルヴァートやシオンに尋ねてみても、気のせいだろうと言われるが、ティルカの耳には確かに聞こえた。

（もしかして、お二人で喧嘩《けんか》でもしてるんじゃ……）

シオンはルヴァートの従者だが、乳兄弟というだけあって、ときに実の肉親のように遠慮がない。ルヴァートも本来は優しい性格だが、シオンに水差しを投げつけたところを以前に目撃している。

しかし朝になって、二人の間に険悪な空気が漂っているようなことは今のところなかった。

音の正体は謎のままだが、主従の関係が円満なら、ひとまず深く考えないでいいのだろう。

そのシオンは、今日は朝から町へ買い出しに出かけていた。例の逢引相手と過ごしているのだとしたら、帰りは遅くなるかもしれない。

（シオンさんがいない分、ルヴァート様のお供をしっかり務めなくちゃ）

ティルカはそう意気込むと、バスケットを抱えて厨房を後にした。

◆　◆　◆

「ルヴァート様、これはなんの木に生《な》るドングリですか？」

「それはイチイガシ。縦に薄く縞模様《しまもよう》があるだろう」

「こっちの、ころっとしてて丸いのは？」

「それはクヌギ。樹皮を乾燥させて煎《せん》じた液が、打撲の傷に効くって言われてるね」

ティルカが拾ったドングリをひとつひとつ指差して、ルヴァートが名前を教えてくれる。

形は見慣れていても、正確な種類や薬用にもなるということを知らなかったティルカは、瞳を輝かせた。

「すごいです。やっぱりルヴァート様は物知りですね！」

車椅子を押して森に入るなり、ティルカは軽い興奮状態にあった。

赤や黄色に色づいた木々の美しさも見事だが、滋味豊富な栗《くり》やキノコがふんだんに実っていたのだ。

今夜の夕飯にしようと夢中で採取に励むうち、形も大きさも異なるドングリを見つけて、すっかり童心にかえってしまった。

「懐かしいです。孤児院の近くにも、ここほどじゃないけど小さな森があって。仲間たち皆で、誰が一番たくさんのドングリを集められるかって、よく競争してました」

「知ってるよ。それが皆の宝物だったんだろう？」

ルヴァートはくすりと笑った。

地面に木の根や岩なども突き出しているため、あまり奥までは行けないが、彼もこの散策をそれなりに楽しんでいるようだ。

「慰問に行くと、小さな子供たちからよくプレゼントしてもらったよ。とびきり大きくてつやつやしてたり、絵の具で色を塗ってあったり、顔を描いて人形みたいにしたのだったり」

「あの子たち、そんなことしてたんですか？　すみません、そんなのもらったって困っちゃいますよね」

子供の目で見れば何にも代え難い宝物でも、一国の王子にとっては、押しつけられたところでどうしようもないものに違いない。

「大事なものをわざわざ僕にくれる、その気持ちが嬉しかったよ。それでドングリにもいろんな種類があるんだってことを知って、図鑑で調べたんだ」

「だから詳しくていらっしゃるんですね。でも、こんなことを言うのもあれですけど、ドングリってときどき中に虫がいたりもするし……」

「そういえば帰りの馬車の中で、アティウスが悲鳴をあげたことがあったな。もらったドングリから白い虫が出てきたって、がたがた震えて大泣きして……あれはすごく面白かった」

思い出し笑いをするルヴァートを、ティルカは意外な思いで見つめた。

こういう言い方はどうかと思うが、今のルヴァートは、なんというか少し意地悪だ。人のみっともない姿を笑うようなことは、普段の彼なら決してしないはずだった。

訊《き》きにくいことではあったが、ティルカは思い切って口を開いた。

「ルヴァート様は……アティウス様とは、その……」

「仲が悪かったのかって？　うん……そうだな――」

ティルカの言葉を引き取って、ルヴァートはわずかに考え込んだ。

「知ってると思うけど、僕とアティウスは腹違いの兄弟だ。どっちの母親も側室で、たまたま僕が三ヶ月ほど先に生まれたせいで、王太子ってことにされたんだ」

それは周知の事実だったから、ティルカはこくりと頷いた。

「だけど、アティウスやその母上にとっては、生まれた順番だけですべてが決まるのは納得できないことだったと思う。僕を産んだ母は早くに亡くなったから、王妃は僕を可哀想《かわいそう》に思って何かと可愛がってくれて……それがまた、アティウスたちには面白くなかったんだろうね。ことあるごとに張り合われて、厭味《いやみ》を言われて、正直うんざりしてた」

ルヴァートは短い溜め息をついた。

「いっそ殴り合いの喧嘩でもできればすっきりしたのかもしれないけど、アティウスにそんな度胸はないし、僕も自分から仕掛ける気はなかったし。本当のところ、あいつを弟だと思ったことはほとんどないんだ。兄弟云々《うんぬん》っていうなら、シオンのほうがよっぽどそれらしいよ」

「半分だけでも血が繋がってるのに？」

「それを言うなら、ティルカはグランソン伯爵を父親だって思える？」

「あ……いえ……」

「そういうことだよ。血の繋がりよりも、大事なのは気持ちが通じ合ってるかどうかだ」

ゴードンを例に出されると、ルヴァートの主張はすんなりと腑に落ちた。

ゴードンの血を引く娘だったから、花嫁の代理としてここに来られた事実には感謝する。

けれどティルカはこの先も、彼を父と呼ぶことはおそらくないだろう。

「少し早いですけど、お昼ごはんにしませんか？」

気分を切り替えるように、ティルカは提案した。

「簡単なサンドウィッチですけど、種類だけはたくさん用意したんです。ルヴァート様のお好きな紅茶は牛乳で煮出して、蜂蜜をたっぷり入れて甘くしてますから」

「それは美味《おい》しそうだね。いただくよ」

ティルカは落ち葉の上に敷き布を広げ、バスケットの蓋を開いた。

薄く切ったパンに挟んでいるのは、ハムとチーズ、トマトとオムレツ、サーモンの燻製《くんせい》と刻みピクルスに、カスタードクリームと和《あ》えたブルーベリーなどだ。

「どれから召し上がりますか」

「そのサーモンのが気になるな」

「どうぞ。自信作です」

ひと口で食べられるよう、サンドウィッチは小さめに作ってあった。

もぐもぐと咀嚼したルヴァートが、うん、と大きく頷く。

「すごく美味しい。ちょっと酸味があるけど、これは？　ピクルスの酢だけじゃないね」

「塩を混ぜたレモン果汁を隠し味にしてるんです」

「気に入ったよ。じゃあ、次はオムレツのを……ティルカも座って一緒に食べよう」

「はい」

我ながら、今日のサンドウィッチはどれも美味しくできていた。

涼やかな秋の風や、樹冠の隙間から零れる光を浴びながら、しばらく二人で戸外の食事を楽しんだ。

（こんなふうに、ルヴァート様と外出できるようになるなんて……）

部屋の外に出ることすら拒んでいた頃のことを思うと、大いなる変化だと嬉しくなる。

和《なご》やかなその時間は、しかし、唐突に途切れた。

横合いの茂みがガサリと揺れたとき、ティルカは兎でも現れたのかと思った。

シオンがたまに狩ってくる野性の兎は身が締まっていて淡泊で、ニンニク風味のトマトソースで煮込んだ濃い味つけがよく馴染む。

だが今、目の前に飛び出した四つ脚の獣は、煮ても焼いても食べられそうにない。

「っ……狼……!?」

「いや、野犬だ。体は大きいけど」

怯えて後ずさるティルカに、ルヴァートが冷静に告げた。

そう言われても、少しも安心はできなかった。

歯茎と犬歯を剥き出しにして、グルルル――と低く唸る野犬は、後脚で立ちあがればティルカの背丈を上回りそうに巨大だ。もしも噛みつかれたら、指の一本や二本は食い千切られてもおかしくない。

「食べ物の匂いに引き寄せられてきたんだ。サンドウィッチをできるだけ遠くに投げて」

「は……はいっ！」

ティルカは震える両手でバスケットを持ち上げ、力いっぱいに投げつけた。

が、それが間違いだった。

怖くて顔を背《そむ》けたせいで、目測を誤ったバスケットは野犬の顔面を直撃した。ばらばらと零れるサンドウィッチを踏みにじり、野犬が怒りの咆哮《ほうこう》をあげる。

（やっちゃった……！）

怒りに燃える灰色の瞳に射すくめられ、ティルカの身は凍りついた。

そういえば子供の頃から、ボール投げはとても苦手だった。

――ガウガウ、ガウッ！

野犬が飛びかかってくると同時に、ティルカは踵《きびす》を返して全力で走った。

自分が助かるためというよりも、自力で動けないルヴァートを襲わせるわけにはいかないという焦りのほうが強かった。

（ルヴァート様から、できるだけ遠くに引き離さないと……！）

「ティルカ！」

後ろからルヴァートの叫び声が聞こえたが、振り返る余裕もなかった。

無我夢中で走ったものの、ただでさえ運動神経の鈍い身で、野性の獣に敵《かな》うわけもない。

追いついた野犬がスカートの裾に噛みついて、ティルカは悲鳴をあげた。

「いやぁっ、離して……！」

体をねじって振り返り、スカートを力任せに引っ張った。

布地がびりっと裂けて解放されたが、勢い余って地面に仰向けに倒れ込む。

背中をしたたかに打ちつけ、痛みに顔をしかめた隙に、胸と肩に重たい圧迫を覚えた。

「っ……――！」

恐怖のあまり声も出ず、毛穴から冷や汗が噴き出す。

ティルカの体に乗りあげた野犬は、長い舌をだらりと垂らし、荒い息をついていた。

真っ赤な口から生臭い涎《よだれ》がぼたぼたと滴《したた》り、青ざめたティルカの頬を汚す。

喉笛を狙って噛みつかれる直前、ティルカは固く目をつぶった。

抵抗の意志も萎《な》えて、死さえ覚悟した瞬間、ルヴァートの声が近くで響いた。

「諦めるな！　腹を蹴り上げろ！」

(はら……って、お腹？　この犬の？)

意味が届くなり反射のように、ティルカは右脚を跳ね上げた。

膝頭《ひざがしら》が野犬の鳩尾《みぞおち》に食い込み、ギャンッ！　と短い声があがる。

直後、空気がびゅっと唸り、何かの直撃を頭に受けて、野犬が横ざまに吹き飛んだ。

「大丈夫か、ティルカ⁉」

己の見ている光景が信じられず、ティルカは目を瞬《しばたた》いた。

「ルヴァート、様……？」

長剣ほどの長さの枝を隙なく構えたルヴァートが、自らの脚で立っている。

よろよろと身を起こした野犬は、ルヴァートの鋭い眼光に撃たれてたちまち尻尾を丸めた。

キャウン――と哀れっぽい鳴き声をあげて、ほうほうの態《てい》で逃げていく。

もう危険はないと判断したのか、ルヴァートが息をついて振り返った。

「怪我はない？」

「ありません……っていうか、ルヴァート様こそ脚は平気なんですか⁉」

「うん。自分でも、ここまでちゃんと立てるとは思ってなかった」

木の枝を無造作に投げ捨て、ルヴァートは感心したように足元を見下ろした。

「ティルカを守らなきゃって思うと、勝手に体が動いた。――火事場の馬鹿力ってすごいな」

「っ……！」

ほとんど何も考えていなかった。

ティルカは全身でルヴァートに飛びつき、ありえない奇跡にわんわんと噎《むせ》び泣いた。

「ちょっ、待って……まだふらつくから……うわっ！」

「ご、ごめんなさい……！」

尻餅をついたルヴァートの上に、ティルカは倒れ込んでしまった。

すぐにどこうとしたけれど、「いいよ」と腕を掴んで引き止められる。

「――君が無事でよかった」

安堵を滲ませた紫水晶の瞳が、泣きじゃくるティルカを映して柔らかく細められた。

後頭部をそっと引き寄せられて、互いの唇が触れ合う。

落ち葉の積もる地面で身を重ねながら、塩辛い涙の味のキスに、ティルカはいつまでも酔いしれた。

◆　◆　◆

「はぁ……俺のいない間に、そんなことがあったとは……」

町から戻ってきたシオンは、森での顛末《てんまつ》を聞き終えるなり、長々と溜め息をついた。

「あの森には、ときどき野犬が迷い込んだってことを言い忘れてました。すみません、俺の落ち度です」

「いいえ。私が思いつきで、ピクニックをしようなんて考えたのが悪いんです。シオンさんが留守の間、ルヴァート様をお守りするのは私の役目だったのに」

「いや、責任は俺にあります」

「そんな、私がいけないんです」

「不毛な会話はそこまでにしなよ。大事には至らなかったんだからいいじゃないか」

割って入る声に、ティルカとシオンは揃《そろ》って首を巡らせた。

二人の視線の先には、居間の長椅子の上で優雅に脚を組んだルヴァートがいた。

「それは結果論でしょう！　まったく、人を心配させて……」

ひとしきり文句を言ったのち、シオンはしみじみとルヴァートを眺めた。

「それにしても、よくそこまで回復なさいましたね。いくらひそかにリハビリを続けてらしたとはいえ」

「リハビリ？」

きょとんとするティルカに、シオンが苦笑した。

「本当に奇跡が起こって、一瞬で歩けるようになるなんてことは、さすがにありませんよ。ティルカ様の見ていないところで、殿下は懸命に歩行訓練をしていたんです」

あ――とティルカはひらめいた。

「もしかして、夜中に聞こえた物音は……」

「ええ。訓練の最中に、殿下が倒れたり転んだりした音です」

「言うなよ」

ルヴァートはばつが悪そうに顔をしかめた。

「そういうみっともないところを見せたくないから、ティルカには秘密にしてたのに」

「みっともないことなんてありません！」

ティルカは間髪容《かんぱつい》れずに断言した。

「ルヴァート様の努力は素晴らしいし、すごいことです。——でも、お医者様は以前、歩行訓練をしても治らないっておっしゃったんじゃ……」

さっきまではルヴァートの快癒をただ喜ぶばかりだったが、回復不能と言われていた状態から、どうして歩けるようになったのかという疑問が浮かぶ。

「それなんですけどね」

とシオンが言った。

「王宮づきの医師は、殿下の症状を、脊髄損傷による半身不随と診断しました。ですが結論から言うと、それは誤診だったようなんです」

「誤診？」

医学の知識がないティルカに、シオンはできるだけ噛《か》み砕《くだ》いて説明してくれた。

落馬事故などで運動麻痺が起こる原因として、ひとつには脊損——中枢神経にあたる脊髄の破損がある。多数の神経細胞が集まる脊髄は、一旦傷を負うと修復されることは二度とない。

しかし別の可能性として、脳内出血による血栓が神経組織を圧迫し、障害が現れるケースもあるのだという。

「ルヴァート様の場合は、脊髄は無事で、頭の中の出血が原因だったということですか？」

「そうです。それに気づくきっかけになったのが」

「ティルカが足をマッサージしてくれたときなんだ」

シオンに代わってルヴァートが言った。

「足の先に、かすかにくすぐったいような感じがあって——最初は気のせいかと思った。だけど毎晩続けられるうちに、どんどん感覚が強くなって。もしかしたらって希望が見えた」

ルヴァートからそのことを聞いたシオンは、すぐさま別の医者を探した。

ティルカの知らぬ間に別荘にやってきたその人物は、シオンが交際を始めた女性から紹介された町医者だった。

地位や権威とは無縁だが、これまでに多くの症例を見てきており、患者に親身になってくれることで評判の名医だ。

長い時間をかけて触診と問診を終えた医者は、これは脊髄損傷ではないと言い切った。

二度と治らないと宣告された絶望が、強い自己暗示となって、かすかに感じるはずの感覚も遮断していたのだろうと。

『今は、脚を動かすための神経が、脳内の血栓に押されて故障している状態です。ですが訓練を重ねることによって、新しい別の神経回路を発達させることは可能です』

思いがけない言葉に呆然とするルヴァートを、医者は続けて励ました。

『赤ん坊は何度転んでも、繰り返し挑戦することで歩き方を学習するでしょう。今の殿下も、赤ん坊と同じまっさらな状態だと思ってください。脚に意識を集中して、昔のように立ったり歩いたりする姿を思い浮かべるんです。必ず治るという前向きな気持ちが、何より大切です』

それからのルヴァートは、意を決してリハビリに取り組んだ。ちょうどティルカが、勉強のために時間を割《さ》きたいと言ってきたことも都合がよかった。

医者にはああ言われたが、回復というのがどこまでを指すのかははっきりしない。事故以前とまったく同じ状態に、戻れる保証はどこにもない。

「中途半端に期待を持たせて、落胆させるのは避けたかったんだ」

ティルカに秘密でリハビリをしていた理由を、ルヴァートはそう説明した。

シオンの協力を得て、ルヴァートは地道な歩行訓練を重ねた。

何度も転び、打ち身を作り、思うように動かない体にもどかしさを覚えたが、このまま車椅子に一生縛りつけられることを思えばなんでもなかった。

努力の末、杖をついて少しなら歩けるようになったが、支えなしで立つことはまだ難しい――

――そんな状態だったのに、ティルカの危機に際してはとっさに体が動いたという。

「殿下の見栄《みえ》っ張《ぱ》りの力はすごいですね」

シオンが横からそう茶々を入れた。

「ともあれ、めでたいことです。今夜は盛大に祝いましょう！」

「盛大にって、何をするんだ」

「まずはご馳走を山ほど用意して」

「それはティルカの負担になるだけじゃないか」

「じゃあ俺が歌います」

「却下」

「だったら裸踊りでも」

「もっと却下だ。天使に等しい僕のティルカに、汚らわしいものを見せないでくれ」

「あ……あの、私なら大丈夫です」

口を挟んだティルカに、ルヴァートはぎょっとしたように目を瞠《みは》った。

「君はシオンの裸が見たいのか？」

「ち、違います！　ご馳走を作るのは任せてくださいって意味で――何かご希望のメニューはありますか？」

「俺は野菜たっぷりのポトフが食べたいですね。もちろんニンジンもごろごろ入れて」

「どこまで嫌がらせをする気なんだ、お前は……！」

苦虫を噛《か》み潰《つぶ》したような顔になるルヴァートだったが、ティルカがくすくす笑っている姿を見ると、つられたように表情を緩めた。

「何もかも君のおかげだよ、ティルカ」

「え？　私？」

何を言われるのかわからず、ティルカは瞳をぱちくりさせた。

「回復のきっかけに気づかせてくれたのはティルカだし、つらいリハビリに取り組めたのも、君が僕と一緒になるために勉強を頑張ってくれてたからだ。健気で優しくて意志の強いティルカに見合う男であるために、失ったものを取り戻す気になれたんだ」

「ルヴァート様……」

正面切って褒められるのが面映《おもは》ゆく、ティルカは首をすくめた。

「跪《ひざまず》くのはまだ少し大変だから、このままでも許してくれるかな」

ティルカの右手を取ると、ルヴァートはその甲に恭《うやうや》しいキスをした。

「君を愛してる。人生の伴侶にしたい女性は、何も持たない僕に、献身的に尽くしてくれた君しかいない。だから、改めて訊《き》くよ。――僕と結婚して、ゆくゆくはこの国の王妃になってくれる？」

「王妃って……――」

ティルカは二の句が継げなくなった。

気づくのが遅すぎたが、ルヴァートが健常な肉体を取り戻したということは、王太子として再び返り咲けるという意味でもあった。

一度は廃嫡の決定がなされている以上、すぐにというわけにはいかないだろうが、法的にも人柄や能力的にも、アティウスよりルヴァートが国を継ぐべきなのは明らかだ。

(でも、この私が王妃様にだなんて……)

いずれは国王となる人の妻に——と思うと、さすがに怖気《おじけ》づいてしまう。

王族の仲間入りをするだけでも大変なのに、国母になる自分の姿など、到底想像がつかない。

その立場にふさわしい女性を、この先のルヴァートならいくらでも選べるはずなのに。

「ティルカは贅沢には興味がないだろうし、宮廷内のややこしい人間関係に巻き込んでしまうのも、申し訳ないと思う」

ティルカの不安を見透かしたように、ルヴァートは言った。

「だけど君のことは、僕が必ず守るから。そのために打てる手はすべて打つ。絶対に後悔させないって約束するから、一生そばにいてほしい。——駄目かな」

ティルカはきゅっと下唇を噛んだ。

(ルヴァート様ったら……なんてずるいの)

——駄目かな、なんて。

真摯《しんし》な上目遣いで、甘くかすれた声で懇願されて。これを拒める女性がいるのだとしたら、その人の心臓はきっと、鉄か何かでできている。

「……ひとつだけ、お願いがあります」

「何？　ティルカと結婚できるなら、どんな条件でも呑むよ」

意気込むルヴァートに、ティルカは真面目に告げた。

「ときどきで構いませんから、健康のためにニンジンも食べてください。国王様に嫌われてるって知ったら、一生懸命ニンジンを作ってる農家の人たちもがっかりするでしょう？　公平と博愛を旨《むね》とする王族の精神に、偏食は反してると思います」

「……そうきたか」

予想外の騙《だま》し討《う》ちを喰らったように、ルヴァートは唸った。

「わかったよ。観念する。その代わり、僕からも条件を出させて」

「ルヴァート様からも？」

「ニンジン料理が出てきたときは、必ずティルカの手で食べさせてくれること。前に、スープを飲ませてくれたときみたいにね」

「そ、そんなのありなんですか？」

「ありだよ。大体、公平と博愛なんて、実践するのはそもそも無理だ」

ティルカの手をぐいと引いて、ルヴァートは己の膝の上に座らせた。

「何を置いても一番に大事にして、べたべたに甘やかしたくてたまらない存在がここにいるんだから」

耳元に軽いキスをされて、ティルカは大いに焦った。

「ル、ルヴァート様！　あの、シオンさんが見てますから……！」

「あー、始まっちゃいましたか」

止めてくれるかと思いきや、シオンはひらひらと手を振って、部屋の外に出ていこうとしていた。

「シオンさん！」

「すみません。俺も男なんで、殿下の気持ちはわかっちゃうんです」

助けを求めるティルカに、シオンは肩をすくめた。

「これまでずっと、手を出したくても出せなかった相手に、そういうことが可能になった状態で触れたら——まぁ、こうなりますよ。お互い、あんまり頑張りすぎないでくださいね。殿下もまだ本調子じゃありませんし、ティルカ様はあくまで初心者ですからね」

愕然とするティルカをよそに、扉は無常に閉じられた。

二人きりになった居間が、たちまち淫靡《いんび》な空気に染まる。

「あいつもたまには気がきくな」

楽しそうなルヴァートの声を聞くと同時に、ティルカの視界は大きく揺れた。

気づけば長椅子の上に押し倒され、真上からルヴァートに覗き込まれていた。

「ル……ルヴァート様っ……」

「この体勢は初めてだね」

顔の脇に突かれた両手は、逃げることを許さないゆるやかな檻《おり》のようだった。

「なるべく無理はさせないつもりだけど……うっかり我慢しきれなかったら、ごめんね？」

昼間の野犬よりも、ずっと凶悪な獣めいた瞳で、ルヴァートは艶冶《えんや》な笑みを浮かべた。

第六章　愛し合う悦《よろこ》び

「っ……ぁ、んっ……ふっ……」

延々と続く深い口づけに、眩暈《めまい》がして溺れそうだ。

長椅子の上に組み敷いたティルカの唇を、ルヴァートは飽きもせず情熱的に貪《むさぼ》った。

「もっとたくさんキスしたいな……舌を出して、僕のも吸って」

「ん……っ、あぁ……ふぁ、う……」

ぬるりと温かいものが、口内でずっと蠢《うごめ》いている。乞われたティルカはおずおずと、ルヴァートにも同じことをした。

繋がった口と口の間で、中で。ちゅくちゅくと淫らに舌が絡み、ひとつになってゆるやかに躍《おど》る。

「ティルカ……ああ、堪らない……」

ルヴァートがわずかに唇を離し、興奮に荒い息をついた。

「キスだけでこんなにぞくぞくするなんて……腰の下にまで、ちゃんと感覚が戻ってる――」

それがどういうことを指しているのか、ティルカにもなんとなくわかった。

何せ、互いの下半身は隙間なくぴったりと重なっているのだ。ティルカだけが快楽を与えられていたこれまでとは、明らかに違う現象が起きている。

（これが、ルヴァート様の……お腹に当たってる、熱いのが……）

どんな形状をしているのかはまだ見たことがないけれど、どくどくと脈打つ感覚が伝わってくる。

「……本当に治ったんですね」

喜ばしいことだと思いつつ、雄の証を直《じか》に押し当てられて頬が熱くなった。

ルヴァートもまた、照れ臭さと誇らしさが入り交じったような笑みを浮かべた。

「そうだよ。これで、ようやくティルカとひとつになれる」

「ひとつに……」

ルヴァートがそれを切望していたことは知っていたが、例の張形も結局は入りきらなかったことを思うと、本当にできるのだろうかと不安になる。

そんなティルカのドレスを、ルヴァートは丁寧に脱がせていった。

腰のあたりまで引き下げたところで、もどかしそうに問いかけられる。

「君のすべてを見たいんだ。ドレスも下着も、全部脱いでくれる？」

「でも……まだ明るいです」

「だからこそだよ。やっと僕のものになってくれる花嫁の姿を、目に焼きつけさせて」

この一年、様々なことを我慢させられてきたルヴァートの望みだ。

恥ずかしさももちろんあったが、叶えてあげたい気持ちが勝《まさ》った。

ティルカはルヴァートの下でもぞもぞと動き、余計なものを脱ぎ捨てて、生まれたままの姿になった。昼間のうちからこんな恰好をしていると思うと、背徳感が際立って、肌という肌がちりちりする。

思わず両腕で胸を覆うと、「隠さないで」とすぐに引《ひ》き剥《は》がされた。

緊張に震える乳房や、ほっそりとした腰や、その下の淡い茂みを、熱っぽい男の視線が余すところなく這っていった。

「……綺麗だ」

感じ入ったような吐息が、鎖骨の中心に落ちてきた。

柔らかな唇で、薄い皮膚をちゅっと吸い上げられる。

「んんっ……」

声を洩らすティルカの肩から腕にかけてを、ルヴァートは大切なもののように撫《な》で下《お》ろした。

「不思議だね……君の肌には今まで何度も触れたのに。こうして上から見下ろしてると、驚くくらいに新鮮だ」

「……私も、同じことを思ってました」

横になって見上げるルヴァートはとても幸せそうで、けれどその瞳には、まぎれもない情欲が滲んでいて。

大好きな人から全身で求められていることが嬉しくて、どうしてか泣きたくなってしまう。

「そうか。同じか」

くしゃっと笑み崩れるルヴァートは、少年のように無邪気なのに、その手は不埒な動きでティルカの胸を包み込んだ。

大きな掌《てのひら》が、しっとりとした肌を揉みしだき、ぐにぐにと形を変えさせていく。

指の間に挟まれた蕾がきゅっと固くしこるのが、自分の目でもはっきり見えた。

「可愛い乳首がふたつとも勃《た》ったよ。ねぇ、こうされると気持ちいい？」

羞恥を煽るように尋ねられ、指の先で執拗に捏ねられる。

じんじんとした疼きに、ティルカはどうしようもなく上体をよじった。

「あっ……は、あぁぁ、やぁ……っ」

「腰に響く、いい声だ――もっと聞きたい。聞かせてくれるね？」

耳に吹き込まれるのは、期待を孕《はら》んだ甘い囁き。

その顔が下に移動し、右の乳首を乳暈《にゅううん》ごと舐め上げられた。

「……ひゃっ！　んあぁあっ……！」

全体を舌でねっとり包み込まれたかと思えば、口の中に含まれてころころと転がされる。

時折やんわりと歯を立てられ、絶えることのない甘美な刺激に、頭の芯までが痺れていった。

「あ、ぁあ……も、やめ……」

「やめたら君が寂しい思いをするよ？　こんなに腫れて尖って真っ赤になってるんだから」

舌先で乳頭《にゅうとう》をぐりぐりされて、ティルカは何度も背筋を震わせた。

知らず内腿を擦り合わせる仕種に、ルヴァートが目を留める。

「ああ、なるほど。胸だけじゃなく、そっちも触ってほしいんだ？　気づかなくてごめんね」

「違っ……」

反射的に否定したが、ルヴァートの手が股座《またぐら》に潜り込んだ瞬間、ティルカは自分が嘘つきだと自覚した。

表面を撫でただけで、ちゅぷ――……と淫らな音を立てる蜜口は、性的な刺激を待ちわびて、涙を零しているかのようだった。

「すごいね、ティルカ。いっぱい出てる」

「言わないでください……！」

「恥ずかしがることなんてないよ。ティルカの体が、僕を受け入れる準備をしてくれてるんだから」

敏感な突起を擦りあげられ、ティルカは高い声を放った。

「ひあぁあっ、そこっ……！」

「感じて。何も考えないで、僕の指だけに集中して」

愛液をすくいとった指先が、花芽《はなめ》をくちくちと弄《いじ》り倒す。

小さな尖りをくるくるとなぞられたり、指の腹でとんとんと優しく叩かれたりするうちに、身を焦がす淫熱《いんねつ》は高まっていった。

ティルカの息が乱れるのと呼応して、指の動きが速まっていく。

「ルヴァート様……だめ……あぁぁっ、それ、続けたらぁ……っ」

「いいから見せて。可愛いティルカが、僕の指で達《い》っちゃうところ」

甘ったるい囁きに陥落し、ティルカは両脚の先までを突っ張らせ、鮮烈な絶頂を迎えた。

「ぁあ、あっ……い、っく……あぁぁぁああっ……!」

大きな波のうねりに持ち上げられたように、長椅子から腰が浮く。

それがどっと落ちてきたあとは、体のどこにも力が入らなくなっていた。

瞼《まぶた》を閉じて、悲しくもないのに啜り泣くティルカに、ルヴァートは宥《なだ》めるような軽いキスを落とした。

その唇が離れたと思ったら、衣擦《きぬず》れの音が聞こえてどきりとする。

上半身のシャツを、ルヴァートがおもむろに脱ごうとしているところだった。

「どうしたの」

まじまじと見つめるティルカに気づいて、彼が動きを止める。

「服を脱がれたところは、初めて見るので……」

「そういえばそうだったね」

ルヴァートは恥ずかしげに笑った。

「しばらく体を動かしてないから、大分弛《たる》んでると思う。みっともないけど、どうせなら君の温《ぬく》もりをちゃんと感じたくて」

「これでですか？」

ティルカは本気で驚いた。

裸になったルヴァートの半身は、肩にも胸にも下腹部にも、うっすらと美しい筋肉が浮かんでいた。この状態で弛んだというなら、以前はどれほどたくましい体つきをしていたのだろう。

「ルヴァート様の体こそ、私よりもずっと綺麗……です」

脇腹に触れ、慈しむように撫でさすると、ルヴァートがびくりと身じろいだ。

「あのさ。そういう不意打ちは――ずるい」

「不意打ち？」

「優しくしたいって思ってたのに、獣になりそう」

「えっ……!?」

慌てて手を引っ込めると、「冗談だよ」と笑われた。

「だけど、もう待てないのは本当。――いい？」

最終的な同意を得るように問われて、ティルカは息を呑んだ。

本音を言えば、まだ恐ろしい。

初めて男性のものを受け入れるときは、大抵ひどい苦痛を伴うものだと聞いている。

「……怖い、か」

ティルカの躊躇《ためら》いを察したのか、ルヴァートがわずかに身を引いた。

「これを見せたら、もっと怖がられるかもしれないけど……――」

脚衣の前をくつろげて、ルヴァートが昂《たかぶ》った己自身を取り出した。

初めて目にする雄の徴《しるし》に、ティルカの視線は釘づけになった。

予想していたよりもずっと長いし、水牛の角でできた張形よりも太い。

根本からカーブを描《えが》いて反り返るそれは、天使のような美青年の下腹部に寄生した、禍々《まがまが》しい別の生き物のようだった。

「ごめん、気持ち悪いかな。女性の体にはないものだから」

「い、いえ。ただ、びっくりして……思ったよりも大きかったので」

「普段はこんなに大きくないよ。ティルカのことが可愛くて、大好きだから。君の中に入りたくてこうなってる」

「私を、好きで……――？」

そうだよ、とルヴァートは優しい相槌《あいづち》を打った。

「事故以来ずっと、ここはぴくりともしなかった。ティルカをどれだけ欲しいと思っても、体が反応しないことに気が狂いそうだった。自分はもう男じゃなくなったんだと思うと、悔しくて情けなくて堪らなくて」

ルヴァートの告白に、ティルカはいつしか真剣に聞き入っていた。

人には言い難《がた》い苦悩を乗り越えて、ようやく元の機能を取り戻したそこに、そっと手で触れてみる。

「っ……！」

ルヴァートが驚いたように息を詰めた。

「ご、ごめんなさい。触っちゃいけなかったですか？」

「いや、平気だよ。——そのまま撫でてみてもらえるかな」

「はい……」

隆起したそれを、ティルカは両手で慎重に包み込んだ。

沸き立ての湯を注《そそ》いだ陶器の器に触れているかように、熱い。

「ティルカが……僕のここを触って、可愛がってくれてる」

作りものの張形にもあった、亀の頭に似た部分を撫でてみると、ルヴァートは嬉しそうに呼吸を弾ませた。

「この光景だけでも、だいぶクる——……」

「あの……何か出てきました」

指先にぬるぬるした感触を覚えて、ティルカは当惑した。

先端の窪《くぼ》みから、ぷっくりと膨れて滲《にじ》み出《で》る液体の正体がわからない。

「男も、感じると少し濡れるんだよ。嫌だったら手を離していいから」

「大丈夫……です」

さっきまでは怯えていたが、実際に触れてみると、恐れは徐々に薄れていった。

ティルカが撫でれば撫でるほどに震えて、体積を増していく様子が、だんだんと愛《いと》おしく思えてくる。

ティルカのように激しく喘いだりはしないものの、かすれた声で呻いたり、息を切らしたりしているところを見ると、ルヴァートも快感を覚えているのだろう。

透明な液がさらに溢れて、ティルカの手はいつの間にかすっかりべとべとになった。

「それ、広げて……真ん中のあたりも擱んで、擦って」

「わ……わかりました」

こういった際の知識は皆無だから、ルヴァートから具体的な要望を伝えてもらうほうがありがたい。

（これまでルヴァート様には、たくさん気持ちよくしてもらったもの……）

少しでもお返しがしたい一心で、ティルカは先走りを塗り広げ、肉棒を握った手を上下させた。体液にまみれた皮膚と皮膚の間で、ぬちゃぬちゃと卑猥な音が立つ。

「これでいいですか？」

「うん、気持ちいい……だけど、もう少し刺激が欲しいな」

ルヴァートがティルカの膝を割り、その間に腰を進めた。

ぱっくりと開いた股間に硬い雄茎を押し当てられて、このまま挿入されてしまうのかと、ティルカはすくみあがった。

「ル、ルヴァート様！　待ってっ……！」

「大丈夫。ティルカが許してくれるまで挿《い》れないよ」

でも、とルヴァートは続けた。

「ティルカのここ、いっぱい濡れてるから。僕にも分けて、使わせて？」

「ひゃんっ……！」

秘裂の狭間《はざま》に密着した熱芯が、ずるんっと前後に滑った。

ティルカのそこはすでにしとどに潤って、性器の表面が擦れ合う動きをなめらかに助けた。

「ん……っ、あ、ああ……ああっ……」

「声出ちゃう？　ティルカのここも、一緒に擦れてるもんね」

「やぁっ……あっ、あっ……変です、これ……っ」

ついさっき達したばかりの秘玉《ひぎょく》が、新たな官能を抱《いだ》いて再び芽吹く。

熱く柔らかな恥肉《ちにく》にぴったりと添わされた剛直は、絶妙な摩擦と圧迫感でティルカを乱れさせた。

「あ、また……奥からじゅんって溢れてきた」

分泌の止まらない愛液が、ルヴァートの屹立をてらてらと光らせていた。

大きく張り出した雁首《かりくび》を、にゅるにゅると陰核に擦りつけられる行為が、息もつけないほどの愉悦を連れてくる。

「ひっ……ぁあ、ん……んっ、あぁぁっ……！」

ティルカは口元に手の甲を押し当て、仔犬のようにくぅくぅと啼《な》いた。

指で触られるよりもずっと気持ちよく、いやらしい気分が掻《か》き立てられるのは、ルヴァートの興奮を直接肌で感じるからだ。

こんなに熱くて、こんなに硬くて、こんなにも大きく張りつめて。

その理由がティルカを愛しているからだと言われたら、胸が高鳴るだけでなく、下腹部がきゅんきゅんと勝手にうねってしまう。心と体がこれほど密接に結びついていることを、ルヴァートに否応なく教えられる。

「あぁ、だめ……だめぇ……」

恥骨《ちこつ》の内側でぐんぐんと膨らんでいく空恐ろしいほどの予感に、ティルカは頭《かぶり》を振った。

「また達きそう？　達っていいよ」

「っ……違う……もっと、すごいの……ぁあ、あ、あ、あぁあああっ……！」

お腹の底がじゅっと焦げる感覚とともに、蓄積しきった快感が一気に弾けた。

下半身全体が強い痺れに包まれた瞬間、どこからかも判然としない場所から、温かいものがぷしゃあっと飛び散る。

目を丸くしたルヴァートの胸に、腹に、その飛沫《しぶき》は勢いよく降り注いだ。

「やっ……嘘……いやいや、いやぁあああっ――……！」

あまりのことに、ティルカは顔を覆って泣き叫んだ。

信じたくない。いっそ死にたい。

この歳《とし》になって――よりにもよってルヴァートの前で、幼児がするような粗相をしてしまうなんて。

「ごめんなさい……ごめん、なさ……っ……」

「ティルカ、泣かないで。落ち着いて」

泣きじゃくるティルカの頭を、ルヴァートは胸に抱き寄せた。

「これはティルカが思ってるようなことじゃないし、ちっとも汚いものじゃない。女性がすごく気持ちよくなったときに、勝手に溢れてくるものなんだ」

「え……」

懸命に説明されて、ティルカは充血した目を瞬いた。

「潮《しお》を噴く、って言ったりするけど……ティルカがそれだけ深い悦《よろこ》びを知ってくれたんだって思ったら、嬉しくて堪らないよ」

ルヴァートは本気で感激しているようだったが、いたたまれない気分はそう簡単に晴れてはくれない。

「でも、ルヴァート様のお体を汚してしまって……」

「だから、汚くないんだって。色も匂いもないだろう？」

確認することも恥ずかしかったが、ルヴァートの言うとおりだった。

長い時間をかけて泣きやんだティルカに、ルヴァートは窺うように尋ねた。

「ティルカのそんな姿まで見せられて、本当にもう限界なんだけど——やっぱり今日はやめておく？」

先に進むかどうかの選択に、ティルカは迷った。

ここで嫌だと言えば、優しいルヴァートは決して無理強いはしないだろう。

（でも、きっとがっかりはなさるわ……）

ティルカは考えに考えた挙句、口を開いた。

「……——して、ください」

「いいの？」

「またみっともないところを見せるかもしれませんけど……」

逆に言えば、ここまであられもない姿を見せても態度の変わらないルヴァートにしか、この先のことは委《ゆだ》ねられなかった。

「脚、もう少し開ける？　痛くないところまででいいから」

言われるまま、ティルカは覚悟を決めて長椅子の上で両脚を開いた。

無防備な体勢になったところで、ルヴァートが上体を重ねてくる。

「じゃあ……——挿れるからね」

愛液と潮が混ざり合ってぐしょぐしょになった蜜口に、欲芯の先があてがわれた。

神妙な顔つきで呼吸を整え、狙いを定めて、しかしまだ動かない。

いざそのときを迎えると、何故かルヴァートのほうがぎこちなくなっているようだった。

「……あの、ルヴァート様」

ティルカはおずおずと問いかけた。

「もしかして、緊張してますか？」

「緊張なんて……」

一旦言葉を呑み込んでから、ルヴァートは溜め息をついて打ち明けた。

「するよ。しないわけないだろう。——初めてなんだから」

「えっ？」

ティルカはぽかんとした。

（初めてって……──そんな、まさか。きっと、私とするのが初めてって意味よね？　それとも、体が回復してからは初めてってこと？）

混乱気味に考えていると、ルヴァートは真面目な口調で言った。

「王族の重要な責務は、子孫を残すことだけど。同時に、不要な争いの種になる子供を生まないことも、同じくらい大切だと僕は思ってる」

それを聞いてティルカは、彼の言わんとすることをおぼろげに察した。

深い考えもなく女性に手をつけ、その相手が子を孕めば、後継者争いに絡む人物がそれだけ増える可能性がある。

腹違いで不仲な──アティウスのような弟がいたルヴァートだからこそ、そういった考えを抱《いだ》くに至ったのだろう。

「こういうことをするのは、一生を共にしたい人と巡り合ってからだって、ずっとそう思ってたから……──笑わないでくれるかな。そんなにおかしい？」

そう言われてティルカは初めて、自分の口元が綻んでいることに気づいた。

「違うんです。──安心して」

「安心？」

「ルヴァート様は、他の女性とたくさんの経験があるんだろうなって思ってたので……だって、色々なことをとても詳しくご存知でしたし……」

こなれた性戯の数々を思い出して頬を赤くしていると、

「ひどい誤解だ」

とルヴァートが嘆息した。

「幸か不幸か、僕は人より勘がよくて器用なんだよ。本を読んだり他人の体験談を聞いたりして、あとはティルカの反応を見ながら試行錯誤してただけだ」

「でも、いつだって余裕たっぷりで」

「弱味を隠してはったりをきかせるのも、王族の必須条件だからね」

「弱味、見せたくないですか？」

ティルカはルヴァートの頬に、そっと掌《てのひら》を押し当てた。

「私には、ありのままのルヴァート様を見せてはくださらないんですか？」

ルヴァートは軽く目を見開き、肩の力を抜いて苦笑を浮かべた。

「――見せてるよ。恥ずかしいけど、ティルカにはとっくに見られたくない場面ばかり見せてる。生きることを諦めかけるくらい心が弱いところも、心配してくれる人たちに甘えて八つ当たりをするところも」

頬に触れたティルカの手に、ルヴァートは自分の手を重ねて、愛《いと》しげに指を絡めた。

「だけど、たとえ体が動かないままでも、ここで腐って終わりたくないって思えたのは、君がいてくれたからだ。ティルカにはずっと笑っていてほしいし、僕と一緒になってよかったと思ってもらいたい。そんなふうに新しい目標ができたから、生まれ変わることができた」

「ルヴァート様……」

ティルカとしては、特別なことをしたつもりは何もない。

けれど、ルヴァートがこうして立ち直ってくれたことに、震えるような喜びを感じた。

「君のことは、一生を賭けて大切にするから——僕だけのものになってくれるね？」

囁きとともに唇が重ねられ、ティルカの胸は甘く疼いた。

会話の間も硬度を失わなかった雄茎が、じりじりと隘路《あいろ》を開いていく。

「……う……あ……んんっ……」

「力抜いて……僕の目、見てて……」

「は、い……っ……ぁあ……——」

痛みは、きっとあったのだろう。

けれど、愛する人とようやく繋がれるルヴァートの歓喜が、ティルカの心にも伝わっていた。

窮屈な場所に侵入してくる剛直に、濡れた蜜襞は懸命に絡みつこうとする。

「もうちょっと、だから……全部、挿れるよ……っ」

「ぁあああっ——……！」

張形でも辿り着けなかった奥の奥までを、血の通った肉塊が貫いた。

驚愕《きょうがく》に息を止め、衝撃がじわじわと去ったあと、ティルカは恐る恐る自分の下腹に触れてみ

た。あまりに大きなものを入れられて、そこが膨れ上がっている気がして。

「すごい……本当にティルカの中にいる」

ルヴァートは、この上もなく幸せそうな笑みを零した。

「ずっと想像してた……君の肌に触れて、温かいここに僕自身を埋《うず》めたらどんなだろうって、そればかり考えて」

その声は、気のせいでなければ少し震えていた。

「やっと、叶った……僕は今、ティルカを抱いてる。――抱けてるんだね」

「ああぁ……あっ！」

ルヴァートがずっと腰を引き、さざなみ立つような快感が走った。

間を置かず、再びぐぷりと沈められて、膣内がさらにざわめく。

「っ……これは、思った以上に……――」

ルヴァートが目を眇《すが》め、口元を歪《か》めて笑った。

雁首がゆったりと中を引っ掻き、緩慢な抽挿が始まる。

同時にルヴァートは、ティルカの胸の先端を、指先ですりすりとなぞった。

「ここ触ると……ティルカの中、僕をぎゅうって捕まえようとする」

「やあっ……！」

「歓迎してくれてるってわかって、すごく嬉しい」

ティルカの短い呼吸に合わせるように、ルヴァートのものは、入り口を小刻みに出入りしていた。

陰唇がめくれて、熟れた粘膜をぐちゅぐちゅと何度も捏ねられて。

腹の底に集《つど》う熱が、破瓜《はか》の苦痛を次第に塗り変えていってしまう。

「あっ、あっ……ルヴァート様ぁ……」

「つらいの？　止めようか？」

「いえ……そうじゃなくて……」

ティルカは耳まで真っ赤にし、ルヴァートの首にしがみついた。

「どきどきしすぎて……死にそうです……」

ははっ、と短い笑い声が体に直接響いた。

「うん、それさ。僕も同じ。――あいにく、まだ死ぬわけにはいかないけど」

唇をぺろりと舐めて、ルヴァートはティルカの両膝を摑んだ。

「ティルカを先に天国に連れていきたいから、ねっ……！」

上体をさらに倒したルヴァートが、膣壁のすみずみまでを擦りあげるように、ひと息に肉槍を突き立てた。

「やっ、そこ……深い……ぁあああっ！」

言葉は喘ぎに呑み込まれ、嵐のような快楽に全身が揉みくちゃにされる。

長々とした男根が子宮の入り口にまで届き、嬉々《きき》としてそこを犯した。

「やっ、あ……激し、です……ふ、ぁあ、はぁあんっ……！」

「ごめん。ちょっと、今は止められないい——っ」

恥丘《ちきゅう》に圧がかかり、露出したままの花芽《はなめ》がびりびりと痺れる。結合部からはじゅぽじゅぽと淫らな音があがり、下腹と足の爪先に力がこもった。

「ティルカが可愛いすぎて……今までで一番可愛くて……んっ……好きだよ。大好きだ……」

「ルヴァート様……ああっ……私も……」

信じられないくらいに綺麗で、高貴で、普通に生きていれば決して交わるはずのなかった人。そのルヴァートが汗を滴《したた》らせ、体を熱くして、ぱんぱんに膨らんだ性器を夢中で出し入れしている。

そんな彼の姿が、無性に愛《いと》おしかった。ルヴァートが望むことなら何をされても構わないし、つられて興奮しないでいるほうが無理だった。

何度も抜き差しするうちに、特に大きな反応を得られる場所を、ルヴァートがついに探り当てる。

「ここかな？　ティルカの中の、秘密の弱点」

「ふぁっ……⁉」

「やっぱりそうだ。ここだったのか……そうか——」

やっと正解に辿り着いたとばかり、ルヴァートはその一点を集中的に責め立てた。

赤黒く膨張した肉棒が、臍《へそ》裏を目がけてぬぷぬぷと素早く律動する。蜜壺の奥がぞくぞくと戦慄《わなな》き、体が裏返るような感覚でどうにかなりそうだった。

「はぁあっ……ああ！　あ、あっ、あぁああ……」

熱杭が膣奥を猛然と突き荒らし、恐ろしいほどの悦楽に頭がぼうっとしていく。

思考がまともに働かず、自分が人の器をなくして、気持ちよさだけを追い求める獣と化してしまった気がした。

「あぁあ……もう……もうっ……」

「気持ちいいのは、どこ？　クリトリス？　それとも中？」

全身を揺さぶられながら尋ねられ、ティルカは息も絶え絶えに答える。

「あっ……なか……中が……すごく、切なくて……」

「じゃあ、このままたくさん突いてあげる」

唇に笑みを刷《は》いたルヴァートが、さらに大きく腰を打ちつけた。

自《みずか》らの体重を支えて狂おしく肉棒を穿《うが》つ姿は、とても今朝まで車椅子生活を続けていた人とは思えない。

泥濘《ぬかるみ》を掻《か》き回すような音がひっきりなしに響き、新たな愛液が噴き出す。

背中を弓なりに反らしながら、これまでとは違う絶頂がやってくることを、ティルカは朦朧《もうろう》と予感した。

「ん……っ、ああっ……来る……来ちゃうぅ……――」

「達《い》って、ティルカ。僕もそろそろ……」

「あっ……あああぁ、やっ、あん、ぁあああぁ――……っ！」

視界が極彩色に染まり、大波に攫《さら》われるような快感がティルカを襲った。

体の深い場所が、圧倒的な喜悦にびくびくと悶《もだ》える。

「く……出る……――っ……！」

揉み絞られる動きに誘われ、最奥で雄肉の先端が震えた。

その振動を感じた直後、ごぷりと大量の白濁液がぶちまけられる。

蜜襞に浴びせられる精の温もりを、ティルカは生まれて初めて受け止めた。

全身が火照って怠《だる》かったが、一度は諦めていたことが叶った喜びに、胸がひたひたと満たされていった。

「大丈夫……？」

汗に濡れ、こめかみに張りついた赤毛を、ルヴァートがそっと掻きやった。

不安そうな目で問いかける彼に、ティルカは微笑んで頷いた。

「はい……ルヴァート様こそ、お疲れじゃないですか？」

「いや、平気だよ……っと……!?」

体を起こそうとしたルヴァートは、脚を滑らせたかのように、ティルカの胸に倒れ込んだ。

「ルヴァート様⁉」

「ごめん。さっきまでは夢中だったけど……我に返ったら力が抜けて」

なまっていた脚の筋肉が、ここにきて急に萎《な》えたらしい。

「大変！　シオンさんを呼びましょうか？」

「冗談はやめてよ。こんな状態の君を、あいつなんかに見せられない」

「そ……それもそうですね」

互いにまだ裸だったことを思い出し、ティルカは赤くなった。

「少し休んだら動けるから……もうちょっと、こうしてて」

「はい」

胸の間に頭を預けるルヴァートを、ティルカは優しく抱きしめて目を閉じた。

肌をくすぐる吐息の温もりも、まだ昂《たかぶ》ったままのルヴァートの鼓動も、何ひとつ取《と》り零《こぼ》すことなく永遠に覚えていたかった。

第七章　淫らな朗読会

ティルカとルヴァートが本当の意味で結ばれてから、約ひと月。

気力が満たされたせいか、ルヴァートは目覚ましい勢いで回復していった。失った体力を取り戻すため、朝夕の散歩や走り込みを欠かさず、今ではシオンを相手に剣術の稽古までこなすほどだ。

食事の量も増えて、ティルカは毎日いそいそと彼に食べさせる料理を作った。もちろん約束どおり、三日に一度はニンジンも食卓に出す。

細かく刻んで味の濃いものに混ぜたり、よく煮込んですり潰したりと、なるべく食べやすくする工夫はしているが、ルヴァートにとってはやはり苦行なのか、顔をしかめて丸呑《まるの》みするのがおかしかった。

「それにしてもルヴァート様は、いつ王都に戻られるつもりなんでしょう？」

茶葉を入れたポットに湯を注《そそ》ぎながら、ティルカは呟いた。

厨房の作業椅子にはシオンが座っており、ジャガイモの皮をするすると剥《む》いて、夕食の下ごしらえを手伝ってくれている。

「殿下なりに、時機を窺っているんですよ」

「時機……ですか？」

「ええ。表舞台を離れていた間に、政情も宮廷内の人間関係もずいぶん変化していますから。復帰にあたって身の振り方を定めるべく、様々な情報を集める必要があるんです」

確かに最近のルヴァートは、かつての知人に手紙を書いたり、過去の新聞をすみずみまで読み込んだりしていた。

（お体がよくなったことを公表されてないのも、その『時機』を窺っているからかしら？）

ティルカも最近ではなんの不自由もなく、新聞や雑誌を読めるようになっている。

シオンが町で買ってくるそれらに、ルヴァートに関する記事はまだない。父親である国王くらいには現状を伝えているのかと思ったが、そういうわけでもないようだ。

（家族や親しい人には、すぐにでも報告して、安心してもらったほうがいいと思うけど……）

ティルカとしてはそう思うが、ルヴァートなりの考えがあるのだと言われれば、口を挟むことはできない。

それに正直なところ、ルヴァートとシオンの三人で暮らす生活は、自由で気に入っていた。この気ままな日々がもう少し続くのは、ティルカにとってもとても嬉しいことだったのだ。

「じゃあ、ルヴァート様のお部屋に行ってきますね」

トレイの上にポットと茶菓子を載せて、ティルカは立ち上がった。

以前、シオンとお茶をしていたことをルヴァートはまだ根に持っていて、毎日のように二人きりのティータイムを御所望なのだ。

「そういえば今日は、殿下からティルカ様にプレゼントがあるはずですよ」

ジャガイモの皮を剥く手を止め、シオンがにっこりした。

「プレゼント？」

「はい。俺が手配させていただきました。楽しみにしていてください」

「ありがとうございます！　何かしら？」

ティルカはうきうきと胸を弾ませ、ルヴァートの居室に向かった。

ノックをして部屋に入ると、ルヴァートは机の上で書き物をしていた。いつものように、誰かに送る手紙を認《したた》めているところだったらしい。

インク壺に蓋をしながら、ルヴァートは柔らかく笑った。

「そろそろ休憩したいと思ってたんだ」

「よかった。じゃあ、お茶を淹《い》れますね」

ポットの中の茶葉も、ちょうど開ききる頃だ。サイドテーブルの上で茶器の準備をするティルカを、ルヴァートが手招いた。

「その前に、こっちにおいで」

「なんですか？」

問いかけながら、自分の口調は白々しくなかっただろうかと思う。

ルヴァートの前に立つと、彼は書き物机の抽斗《ひきだし》から、平たい小箱のようなものを取り出した。

赤い包装紙で包まれており、金色のリボンがかかっている。

「これを君に」

「ありがとうございます」

「……意外に驚かないね」

不満そうな声に、ティルカはぎくりとした。シオンから事前に『プレゼントがある』と聞かされていたため、反応が薄くなってしまった。

こういうときのルヴァートの勘は、恐ろしいほどよく働く。

「もしかして、シオンが君に何か言った？」

「……実は」

観念して認めると、ルヴァートは彼らしからぬ舌打ちをした。

「まったく、あいつは余計なことを――」

「でも、何をいただけるのかまでは聞いてません。開けてみてもいいですか？」

実際、プレゼントの中身はとても気になっていた。その形状から、ハンカチやスカーフの入った化粧箱だろうかと思ったが、手に取ると意外な持ち重りがする。

リボンを解《ほど》き、包装紙を丁寧に剥《は》がして、ティルカは歓声をあげた。

「これ！　前に私が読みたいって言ってた本ですね⁉」

「そう。『古城に咲いた情熱』――若い女性の間で人気の恋愛小説だよ」

それは、黒い表紙に銀の箔押《はくお》しがなされた、美しい装丁の本だった。

題名どおり、古城と思われる尖塔《せんとう》の窓から、互いに手を取り合う男女のシルエットが覗《のぞ》いている。

「恋のお話だったんですね。タイトルから、そうなのかなって思ってましたけど」

村の少女たちが騒いでいたのを聞いただけで、詳しいあらすじまでは知らなかった。けれど皆が話題にしていたのだから、きっと面白い物語のはずだ。

「どんな話なのか、僕も知りたいな。前みたいに読み聞かせをしてくれる？」

「でも、お茶が冷めてしまいますよ」

「僕は猫舌なんだから、少しくらいは構わないよ」

「でしたら……」

立ったまま表紙を開いたところで、ルヴァートの腕がティルカの腰に伸ばされた。

強引に引き寄せられ、横座りに収まったのは、椅子に掛けた彼の膝の上だ。

「あのっ……⁉」

「恥ずかしがらなくていいだろう？　君はもう、僕の花嫁になることが決まってるんだから」

「そうですけど……」

初めて体を重ねたあの日以来、ルヴァートは以前にも増して、こうした触れ合いを求めてくる。

シオンの目を盗んでキスをしたり、抱きしめたり、夜になると彼のほうがティルカの部屋に忍んできて、そのまま朝まで睦《むつ》み合うことも珍しくなかった。

つい先日は、湖でボート遊びをしようと誘い出され、揺れる小舟の上で最後まで抱かれてしまったのだ。

そうした時間を持つことは、もちろん嫌ではないけれど、恥ずかしい気持ちはいつまでたってもなくならない。

もっとも、ティルカのそういう反応こそが初々《ういうい》しくて堪らないと、ルヴァートを余計に調子づかせてしまうのだけれど。

「じゃあ、読みますね」

ティルカは最初のページをめくり、声に出して小説を読んでいった。

物語の主人公はマリーという名の、両親をなくした貧しい村娘だ。叔父夫婦の家に引き取られ、召使いのようにこき使われながらも、持ち前の明るさを失わない働き者だ。

(なんだか、少し私と似てるかも)

親がおらず、料理やお菓子を作ることが好きなマリーに、ティルカは親近感を覚えた。マリーの一人称で書かれていることもあって、感情移入する気持ちは、物語が進むにつれてより大きくなっていった。

マリーを引き取った叔父は博打《ばくち》で借金をこしらえてしまい、早急にお金が必要になる。そこでマリーは、村外れにある古城に、住み込みのメイドとして追いやられることになった。

古城の主《ぬし》は、その地方を治める領主で、人前に姿を見せない変わり者として知られていた。とても偏屈で気難しく、給金は高いのに使用人が居つかないのだという。

噂しか知らないマリーは、その領主のことを、頑固で人嫌いな老人なのだろうと思い込んでいた。しかし実際に古城に赴《おもむ》き、ひょんなことから彼の素顔を見てしまった彼女は驚く。

領主はとても美しい青年で、しかし、その面《おもて》には拭《ぬぐ》えない陰《かげ》があった。

彼は重い病に冒《おか》されており、およそ一年の余命だと宣告されていた。忍び寄る死を恐れ、未来を悲観した青年は、焦燥感から周囲の人間に当たり散らしていたのだった。

「このお話の領主様って……」

ティルカは思わず呟いた。

「うん。どこかの我儘で身勝手な王子みたいだね」

苦笑したルヴァートに「続けて」と言われ、ティルカは朗読を再開した。

叔父夫婦の理不尽な仕打ちに慣れていたマリーは、辛抱強く青年に接した。

どれほど八つ当たりをされてもそばに居続け、笑顔を向けてくれるマリーに、青年も次第に心を開いていく。

彼らはやがて愛し合い、未来がないとわかっていながら、刹那の恋に溺れた。

二人が初めての口づけを交わすシーンに差しかかると、ティルカはどぎまぎした。

「『彼は私の唇を、稀少《きしょう》で極上なお菓子にするように、少しずつ食《は》んでいった。肉厚な舌で丁寧に舐められ、全体を柔らかく吸い上げられる。胸が高鳴ると同時に唾液が溢れ、抱き寄せられた腰から甘い疼きが這《は》い上《あ》がった』……──」

意外に生々しい描写が出てきて、声がすぼんでしまう。一人で読んでいるならまだしも、ルヴァートに読み聞かせをしていると思うと、余計に気まずい。

「どうしたの。続きは？」

ルヴァートは、穏やかな声で先を促した。ティルカが初心《うぶ》すぎるだけで、彼にとってはこれくらい、なんでもないことなのかもしれない。

（こういうのは、意識しすぎるほうが変な空気になるんだから……）

ティルカは思い直し、またページをめくった。

「『キスをしながら、彼の手は私の胸元に忍び込み、果実の熟し具合を確かめるように揉みしだいた。肌の下でざわざわとした何かが蠢き、口にするのも恥ずかしい場所がつんと尖っていく。それに気づいた彼の指は、やがて』──……え？　ええっ……？」

無心に読んでいくつもりだったが、さすがに声が上擦る。

小説というものを読んだこと自体ほとんどないが、恋愛をテーマとした物語は、ここまで赤裸々なことを描《えが》くのが普通なのだろうか。

「……ごめんなさい、この先は読めません」

ティルカはとうとう白旗を挙げた。

「なんで？　これからが面白くなるところじゃないか」

「だって……こんなの、はしたなくて……」

「そうかな。男女の愛を写実的に描いた文学だよ。名作だ」

「ぶ、ぶんがく？　めいさく？」

「いっそ芸術と言ってもいいね」

「げいじゅつ――……」

そこまで言われると、学のない自分が理解できないだけかと思い悩んでしまう。ルヴァートが評価するくらいなのだから、これはとても高尚な人間賛歌の物語なのかもしれない。

「もう少し先も見てみようか？」

ルヴァートが後ろから手を伸ばし、ぱらぱらとページを繰《く》った。

しかし大まかに見ただけでも、後半のマリーと領主は、ずっといちゃいちゃと乳繰《ちちく》り合って――もとい、愛し合っている。

「この領主様、病気は大丈夫なんでしょうか」

「あ、それはね。途中で魔法の薬を見つけて、完治するから平気なんだ」

「魔法の薬っ⁉」

写実的な物語のはずが、急に降って沸いた超展開だ。ついでに言うなら、ティルカはまだ最後まで読んでいないのだから、あっさりネタバレをしないでほしい。

「ルヴァート様は、このお話をご存知だったんですか？」

「まぁね。とてもよく売れてたし、流行《はや》り物は一応押さえておく主義だから」

「内容を知っていて、私に朗読させたんですか？」

「うん。ティルカがどんな顔をして官能小説を読んでくれるのか楽しみで――……あ」

喋りすぎたというように、ルヴァートは口元を押さえた。

「官能小説って……！」

ティルカは赤くなった顔でルヴァートを睨んだ。

「ひどいです。私をからかったんですね？」

「いや、でも、これはまだソフトなほうだよ。書き手も女性作家だし、だからこそ同性の読者にウケたんだろうし。男性向けの官能小説はもっとえげつなくて……」

「そんなものまで読んでいらっしゃるんですか⁉」

「これも学習の一環だよ。あの手のは作中の女性の反応が嘘っぽすぎて、あんまり参考にはならないけど」

一体どういった状況で、なんの参考にするつもりだったのか。

呆れるやら恥ずかしいやらでぷるぷると震えているティルカを、ルヴァートは宥《なだ》めるように抱きしめ、頭をぽんぽんと叩いた。

「ごめんごめん。怒らないで」

「私だってたまには怒ります！」

「本当のことを言うと、怒った顔も可愛いから、もっとからかいたくなるんだけど」

「じゃ、じゃあ怒りません！　許します！　——え？　あれ？　それでいいの……？」

首をひねるティルカに、ルヴァートが声を立てて笑い転げた。

「本当にティルカは僕を楽しませてくれるよね」

「もう！　そんなことばっかりおっしゃるルヴァート様には、これを食べていただきますから」

ティルカは憤然と本を閉じ、サイドテーブルの上からトレイを引き寄せた。

今日の茶菓子は、ざっくり素朴に焼き上げた卵色のスコーンだ。まだほんのりと温かさを残しており、甘い香りが漂っている。

「綺麗に焼けてて美味しそうだね」

「ええ。このジャムをつけてお召し上がりになれば、もっと美味しくなりますよ」

ティルカは瓶の蓋を開け、スプーンで中身をとろりとすくってみせた。意趣返しのような気持ちで、オレンジ色のジャムの正体を告げる。

「ニンジンと林檎をすり潰して煮詰めたジャムです」

「うわぁ……嫌な仕返しをするね」

「何度も言いますけど、ニンジンは体にいいんですから。慣れれば美味しく感じませんか？」

「確かに、前に比べれば多少マシになってはきたけど……」

ぼやいたルヴァートは、ふと何かに気づいた様子で、『古城に咲いた情熱』を再び手に取った。

「どうなさったんですか？」

「そういえば、こんなシーンがあったなと思って」

覗き込んで、目を通したティルカは絶句した。

本の中の恋人たちが、今のティルカとルヴァートのように、お茶の時間を楽しむ場面だ。

二人が食べているのはガトーショコラで、ゆるく泡立てた生クリームが添えられていた。

領主がそれを指ですくいとり、マリーの唇に塗りつける。

甘いクリームを舐め取りながら、二人は濃厚な接吻《せっぷん》を交わし、高まる興奮のまま愛欲の渦に呑み込まれて――……。

（この領主様、いつ仕事してるの？）

ついつい彼が治める土地の民に同情し、しょっぱい顔になっていると、ルヴァートがとんでもないことを言った。

「このシーンの真似をしてみたら、ニンジンジャムも美味しくなるかもしれない」

「そんなことで味が変わるわけないじゃないですか！」

「感じ方の問題だよ。ね、試してみよう？」

自《みずか》らの浮かべる笑顔の威力を、ルヴァートは知り尽くしているのかもしれなかった。

固めた拳のやり場もなく、「うう……」と呻くティルカの前で、ルヴァートはジャムの瓶に小指を浸《ひた》した。そのまま紅を塗るかのように、ティルカの唇を丁寧になぞる。

それだけでも、ティルカの背筋はぞくりと震えた。

淡いオレンジ色に染まったそこを、ルヴァートはしげしげと眺めた。

「つやつやしてて、かぶりつきたくなる唇だ。――いただきます」

甘い微笑みとともに、ルヴァートはティルカの唇をかぷりと食《は》んだ。

「ん……ふ、ぅっ……」

唇全体を覆われ、丹念に舐められ、はむはむと優しく噛みつかれる。

柔らかなキスに陶然としかけた隙に、ルヴァートの舌が潜《くぐ》り入ってきた。

混ざり合った唾液の中に、ジャムの甘みと酸味を感じる。身じろぐ背中を引き寄せられて、腰に手が滑らされた。

舌先がぬるぬると絡み合い、ティルカの口内で水音が響く。ざらついた粘膜が擦れあうごとに、お腹の下のほうがじゅんと疼いた。

「ぁ……う、ん……はぁ……」

じっくりと口腔をまさぐられ、ルヴァートが唇を離したとき、ティルカの体はすっかり官能の熱を帯びていた。

それを知られるのが恥ずかしくて、息を整えながら尋ねる。

「ど……どうでした？　ジャムは……」

「美味しかった。林檎の風味で打ち消されてるせいか、ニンジンの青臭さも消えてるし……だけど、もっと素敵な味わい方を思いついたよ」

「え？　ちょっと……！」

ティルカはたちまちあたふたした。

ドレスの胸元を引き下げ、ルヴァートが無理に乳房を露出させる。

その白い肌に、スプーンですくったジャムをぽたりと落とされてしまった。

「な、何をなさるおつもりですか……!?」

「わからない？」

スプーンの先で、つっ——と胸の輪郭をなぞられる。

頂に達したそれは、薄紅色に色づいた場所をつんつんと悪戯《いたずら》につついた。

「ひぁっ……！」

金属の冷たさが刺激になって、乳輪の中から淫らな突起がむくりと勃《た》ち上がってしまう。そこをすかさず、スプーンの背でぐりぐりと、柔肉《やわにく》の中に押し込められた。

「やだ……やめてください……胸、べとべとになっちゃう……」

「心配しないで。僕が責任を持ってキレイにしてあげるから」

上機嫌で言い放ったルヴァートが、まずは乳房の表面に舌を這わせた。

ジャムが舐め取られていくたび、肌の内側で艶《なま》めかしい感覚が膨らむが、ティルカは唇を噛んで喘ぎを押し殺した。

(食べ物で遊ぶなんて、お行儀が悪いんだから……っ)

こんなふざけたことをされて感じてしまっているだなんて、断じて認めるわけにはいかない。

だというのに、ルヴァートの舌が乳首に達した瞬間、その誓いはあえなく崩れた。

「うん。やっぱりここは特に美味しい」

「んっ、ああ……やぁあっ……！」

小指の先ほどに盛り上がったそこを、根本からちゅうちゅう吸われて、みだりがましい声が洩れてしまう。

ほんの少し舌をそよがせるだけで、ティルカの体全体がびくびくと跳ねるのだから、ルヴァートにとっては斬新な玩具《おもちゃ》で遊んでいるようなものかもしれない。

「どうしたの？　もう降参？」

涙目になり、くったりと仰《の》け反るティルカを、ルヴァートは面白そうに眺めた。

「今度はティルカも味見してみる？」

「味見……？　ジャムの味見なら、もうしました……」

「もっと美味しくなってるかどうかを確かめる味見だよ」

ルヴァートが瓶に中指を差し入れ、「ほら」と口元に差し出してくる。

彼がティルカにしたように、ルヴァートの肌ごと味わってみろと言われているのだ。

口を開くと、舌の先にとびきり甘い指が触れる。

「どう？」

目を合わせて尋ねられても、ジャムの味がするだけだ。

困惑の表情を読み取って、ルヴァートが囁く。

「よく味わって。舌を使って、ちゃんと舐めて」

「……んっ……う……」

棒状のキャンディーを食べるときのように、ティルカはルヴァートの指に舌を絡めた。

爪先から指の付け根まで、ぺろぺろと懸命に舐《ねぶ》っていると、ルヴァートの目の色が次第に変化した。

「これは――……なんだか変な気分になるね」

その言葉の意味するところは、ティルカにもわかった。

ティルカが横向きに座っているのは、ルヴァートの膝の上なのだ。通常時にはない塊が腿《もも》の側面に当たっていれば、興奮による変化はすぐわかる。

一度こうなってしまったら、体を繋げないことには終われない――これまでの経験から、ティルカはそう観念した。

「もっと奥まで咥《くわ》えられる？」

その言葉に従うなり、手首を返され、口蓋《こうがい》をすりすりとなぞられた。

「喉の奥にも性感帯があるっているのは、本当なのかな……？」

どこで仕入れたのやらわからない仮説を実証するように、ルヴァートは熱くて狭い口内をまさぐった。

喉の奥に近いところをくすぐられ、舌を入れられたときとはまた違う、奇妙なぞわぞわ感を覚えてしまう。

「んっ……ふぅ、ぁあ……っ」

口の中では、ジャムの味などとっくにしなくなっていた。

その頃合いを見計らったように、ルヴァートの指が引き抜かれる。

ようやく終わりかとほっとしたティルカに、ルヴァートはおもねるように切り出した。

「ねぇ、ティルカ。次は違うところを舐めてほしいって言ったら、怒る？」

「え……？」

「ここなんだけど」

片手を取られ、導かれたのは、脚衣の下で窮屈そうに息づいている昂《たかぶ》りだった。

どういった行為を求められているのかを理解した瞬間、頭が真っ白になる。

「無茶を言ってる自覚はあるよ。だけど、僕の指をしゃぶってるティルカを見たら、どうにもおさまらなくて……――」

無言で硬直したティルカを前に、ルヴァートの声はどんどん小さくなっていった。

「……やっぱり嫌だよね。ごめん、調子に乗りすぎた」

「いえっ……！」

しゅんとしたルヴァートがなんだか可哀想で、思わず声をあげていた。

「大丈夫……です。……やってみます」

「本当に⁉」

しおれていた花が力を取り戻すように、ルヴァートが瞳を輝かせる。

そんな姿を見てしまったら、前言撤回などできなかった。

我ながら彼に甘いという自覚があるが、ようやく健康な肉体を取り戻した以上、あれもこれも試してみたいという気持ちはわからないではない。

それに。

（ルヴァート様も、何度も私にしてくださったことだもの……）

ティルカは意を決し、どうしたら彼の望みに応《こた》えられるのかを考えた。

このままの体勢では無理だと判断し、ルヴァートの膝から降りて、絨毯《じゅうたん》の上に跪《ひざまず》く。

ゆるく開いた脚の間から顔を出すと、ちょうど股間が目の前にくる位置だった。

脚衣をどう脱がすべきか迷っていると、期待に逸《はや》るルヴァートが、自分から前立てを緩めた。

心構えはしていても、下着からぶるんと弾み出たものの雄々しさに気圧《けお》されてしまう。

硬い鋼《はがね》で作られたようにがちがちで、ティルカの指を回しきれないほどに太くて、近づくだけで熱気さえ感じて。

（本当に今からこれを、口で……？）

「これ、使ったほうがいい？」

少しでも口当たりをよくしようという心遣いなのか、ルヴァートがジャムの瓶を引き寄せた。

「お願いします」

間の抜けたやりとりかもしれないが、ティルカとしては真剣だった。

指を口にしたときのように、ジャムを舐め取るのだというはっきりした目標があるほうが、ルヴァートを気持ちよくさせられるかもしれない。

「じゃ、いくよ」

瓶が斜めに傾けられ、オレンジ色の塊がぼたりぼたりと落ちていく。

雄茎の先端を覆った半固体のような液体が、下のほうにまで伝った。

「うわっ、冷た……」

自分でしておきながら、ルヴァートは首をすくめた。

(早くしないと、椅子《せ》まで汚れちゃう)

ジャムの流れを堰き止めるように、ティルカは急いで肉竿の根本に舌を伸ばした。

──予想どおりに、ただ甘い。これなら抵抗なく舐められる。

「ん……んんっ……」

ティルカはひたすら舌を動かし、ジャムを舐め尽くそうとした。

首を傾けて肉茎《にくぐき》の裏から、表から。亀頭の窪みに溜まった分も余さずに。

「ティルカ、それ……っ」

ティルカの顔の横で、ルヴァートの太腿が細かく震える。

もしかして痛みを与えているのかと、ティルカは焦って顔を上げた。

「だ、駄目ですか？　私のやり方、何か間違ってますか？」

「そうじゃない。気持ちよくて──……よすぎて、腰全体が熱くて溶けそう」

「それって……」

言いかけて、ティルカは口を噤《つぐ》んだ。

「何？　途中で止められると気になるんだけど」

「──私と同じだって思ったんです」

ティルカはもじもじと白状した。

「ルヴァート様が、その……私のをしてくださるときも。いつも、お腹から下がどろどろになっちゃう感じがするので……」

「そうなんだ」

ルヴァートは照れたように笑った。

「そんなふうに感じてくれてたんだね。じゃあ、あとでお返しするよ」

「い、いいです！　今日は私が……」

形勢逆転されるまいと、口淫《こういん》を再開する。

表面を舐めるだけでなく、指を咥えさせられたことを思い出し、思い切って肉棒全体を含んでみた。

「……ぁ、すごい……吸いつく……――そのまま首、動かして……っ」

ルヴァートの色めいた声に従い、ティルカは懸命に奉仕を続けた。

唇で亀頭を挟み、頭を上下させながら、舌で割れ目を縦になぞる。脈打つ血管の浮かぶ幹を、手で握って扱《しご》きあげる。

初めての行為はぎこちなく、何度か歯も当ててしまって青くなったが、ルヴァートは怒るどころか、ティルカの健気《けなげ》さに胸を打たれているようだった。

「ティルカ、いいよ……最高に気持ちいい」

感謝の証のように、頭を優しく撫でられる。

ティルカの唇からは唾液が零れ、顎までをたらたらと濡らしていた。

下品でだらしない姿を見せているとわかってはいたが、ルヴァートが感じてくれているのだと思うと、自分のことは二の次になる。

無意識なのかわざとなのか、ルヴァートの腰が前後に揺らいで、喉の深くを亀頭が擦った。

彼の眉間に皺が寄り、ティルカの耳孔《じこう》をぞくぞくさせる呻き声《うめごえ》が洩れた。

（ルヴァート様の、こんな切なそうな声……初めて）

自分の拙《つたな》い性戯《せいぎ》でも、ルヴァートを気持ちよくさせられることが嬉しい。

目の前の男根に夢中でむしゃぶりつくあまり、酸素が不足していたことに、げほげほと咳《せ》き込んでから気がついた。

「大丈夫？」

我に返ったルヴァートが、慌てて腰を引いた。生理的な涙に濡れたティルカの瞳に、どきりとしたように息を呑む。

「ごめん、初めてなのに無茶させて……――」

湧き上がる衝動を堪え切れないかのように、ルヴァートはティルカの体を引き上げ、噛みつくようなキスをした。

「っ……あ、んっ……」

たった今まで自分の性器を咥えていた唇なのに、ルヴァートはまるで躊躇しなかった。何度も何度も吸いつきながら、ティルカの華奢《きやしゃ》な体を書き物机の上に押し倒す。たくさんの手紙の束が、くしゃくしゃになってしまうのも構わずだ。

スカートが腰までめくりあげられ、ドロワーズを性急に脱がされる。

「ル、ルヴァート様！　やっ……」

「可愛い……ほんっとに可愛くて、今すぐ押し込みたいくらいだけど……」

大きく開かされた股間に、またジャムを直接垂らされた。

「ひっ――!?」

「約束通り、お返しだよ」

そんな約束はしていないし、お返しなどいらないと言ったのに。

ルヴァートが秘処に顔を埋《うず》めた途端、雷に打たれたような快感が総身を駆け巡った。

「ああっ！　そこ、やぁあっ……！」

「やっぱり美味しい。ティルカの蜜と混ざって、これならいくらでも舐められる――……」

愛液の溶け込んだジャムをじゅるじゅると啜られ、あまりの喜悦に腰がのたうつ。膣口に異物感を覚えて、長い舌が内部を犯しているのだと知った。

「やっ、中……ジャム、入って……」

「平気だよ。あとでしっかり掻《か》き出《だ》してあげるし、洗い流してあげるから」

搔き出すのは猛《たけ》り勃《た》った雄茎で、洗い流すのは行為の最後にたっぷり噴出される白濁液で、だ。なんて卑猥な宣言をするのかと、聞かされるこっちがくらくらしてくる。

こんなにも涼しげな顔をしていながら、小説の中の領主と同じくらい――否、それよりも遥《はる》かに、ティルカの未来の夫は淫蕩《いんとう》だった。

「どんどん濃い味になってきた……いっぱい溢れさせて、気持ちいい？　ここもう、こんなにコリコリに膨れてる」

真紅に染まった秘玉《ひぎょく》を口に含まれ、吸引しながらざりざりと舌で舐め上げられる。的確で強烈すぎる刺激に、ティルカは激しく首を打ち振った。

「だめぇっ……そこばっかり、いやあぁっ……」

「そう？　じゃあ、こっちはどう？」

「あっ、あぁあ、もっとだめぇ……！」

ルヴァートがぬるりと舌を伸ばしたのは、あろうことか後孔《こうこう》の窄《すぼ》まりだった。性器とは呼べないはずの器官を、蜜口と同じように愛撫され、度を超した恥ずかしさに泣き叫んでしまう。

「やめ、やめてっ……そこ、汚い……汚いですからぁ……っ！」

「ティルカは僕の天使なんだよ？　天使の体に汚いところなんてあるはずないだろう？」

ぬけぬけとのたまうルヴァートこそ、天の御使《みつか》いそのものの美貌をしている。

しかしやっていることは、ほとんど淫魔の所業と言っていい。

人の倫《みち》を外れてしまいそうな背徳感が、ティルカの性感をより鋭くさせていった。

「ん、う、ぁんんん……――っ！」

ねろねろぴちゃぴちゃとあらゆるところを舐められて、ティルカは連続した絶頂に飛んだ。

嵐の海に放り出されたような衝撃に、もう指先すら動かしたくないというのに。

「ああ、達《い》っちゃった？　可哀想だけど、休ませてはあげられないな」

同情的なのは声ばかりで、びくびくと下腹を痙攣させるティルカの両脚を、ルヴァートは肩にかつぎあげた。

「大事な場所、ぐちょぐちょに濡らして真っ赤にさせて……こんないやらしいところに、入るなって言うほうが無理だよねっ……！」

ずぷぷぷっ――と太茎を半《なか》ばまで挿入されて、ティルカは声にならない悲鳴をあげた。

あれほど執拗な前戯を施されていても、ルヴァートの欲芯の大きさに体はいつも慄《おのの》いて、とっさに押し出すような力がこもる。

「こら、むずからないで。ちゃんと開いて」

「あ……でも、きつ……くて……っ」

「ひどいな。僕のこと、ティルカは中に入れてくれないの？」

ひときわ甘い声で囁かれ、どきっとした瞬間に下腹部の強張《こわば》りが解けた。

その隙を逃《のが》さず、長大なものがずるずると一気に押し入《い》ってくる。

「やぁあっ、大きぃっ……！」

「もう少しだよ。あと少しで、全部入るから」

「あぁあっ、奥……奥まで……来てるぅ……──っ」

ようやくのことですべてが収まり、互いの恥骨《ちこつ》がぶつかった。結ばれた場所がじりじりと燃えるように熱くて、両者ともに肩で息をする。

いつもなら、馴染《なじ》むまで少しの間を置いてくれるのに、今日のルヴァートにその余裕はないようだった。

「あー、無理……気持ちよすぎて、じっとしてられない」

ティルカの腰を両手で摑むなり、ルヴァートは思い切り奥まで打ちつけた。狂おしいほどの律動に、ぶじゅっ、ぐぷっと結合部から空気の混ざった音が立つ。

「あうっ、あ、ああっ、あーっ……！」

内部をぐじゅぐじゅになるまで掻き回されて、さっきまでの頑《かたく》なさはどこへやら、蜜孔《みつあな》は柔らかく伸縮してルヴァートの熱杭を包み込んだ。

ずっぷりと突き立ったものが素早く前後し、ぱんっ、ぱんっ、と肉の打ちつけられる音が響く。深い場所を抉《えぐ》られる快感に、意識が何度もふわりと舞い上がる。

天板《てんばん》に押しつけられた背中は軋《きし》んで痛いはずなのに、そんな現実感も遠くなるほど、与えらちいい？」

れる快楽は凄《すさ》まじかった。

「こんなの、癖になるに決まってる……」

弾む乳房に指を食い込ませ、その先端をルヴァートはねろりと舐め上げた。

「ティルカは？　ティルカは僕とするの、好き？　こうしてお腹の奥、ずんずんされるの気持ちいい？」

わざとのようにいやらしい訊《き》き方をされて、ティルカの理性も麻痺していく。

「あっ……いい……気持ちいい、です……ルヴァート様にこうされるの、好き……」

「どうされるのが好きだって？」

「だから……お腹、ずんずんって……」

「それだけじゃないよね？　こんなふうに乳首を噛まれるのも好きだし、指で軽く潰されながら引っ張られるのも大好きだし」

「やっ、ひんっ……！」

ルヴァートが言葉どおりに左右の乳首を嬲《なぶ》るので、ティルカの体は逃げを打つようにずり上がった。

「こんなふうに苛《いじ》められるのが好きだなんて、ティルカは本当にいやらしいね」

「ル……ルヴァート様のせいです……っ」

意地悪に揶揄《やゆ》するルヴァートを、ティルカは迫力に欠けた目で睨んだ。

こんなにも淫らな行為を連日のように続けられては、どれほど慎ましい貞女でも、快楽に逆らえない体に作り変えられてしまうと思う。

「人のせいにするの？　だったら、僕を毎日欲情させるティルカがそもそもの元凶なんだけど」

「私、何もしてません……」

「顔も声も仕種も性格もこんなに僕好みに可愛いのに、何もしてないなんて言い逃《のが》れは許されないよ」

「い……言い逃れてるのは、ルヴァート様のほう……あぁあんっ……！」

反論を封じるようにがつがつと腰を叩きつけられ、議論の行方は曖昧になった。

蜜洞《みつほら》の窪《くぼ》みをぐりりと穿《うが》たれ、全体を大きく揺すりあげられる。

「ああっ、う、あ、ああっ、やぁあっ！」

下腹が破れるほど荒々しい抽挿なのに、ティルカを支配しているのは、今にも弾《はじ》け飛《と》びそうな愉悦だった。

ルヴァートは、彼としてもぎりぎりのところで、絶頂へ直結する動きを絶妙に避けている。

欲しいものに手が届きそうで届かないもどかしさに、ティルカの腰は切なくよじれた。

「んんっ……あぁ……あ……」

「そんなに物欲しそうな顔をして」

ティルカの頤《おとがい》をくいと掴み、ルヴァートは声をひそめて囁いた。

「ティルカの好きな場所だけ、思い切り擦ってあげようか。おねだりしたら叶えてあげるよ」

「ああっ……ルヴァート様、ひどい……」

「ひどいって、どっちが？　いいところを突きまくられて、おかしくさせられるのが？　それともこうして焦らされるのが？」

「じ……焦らすのが、ですっ……！」

ティルカは思わず、ルヴァートの肩に爪を立てた。

胎《はら》の奥で燻《くすぶ》る熾火《おきび》が、さらに大きく燃え上がりたいと訴えている。その欲求に衝《つ》き動かされて、なりふり構っていられなかった。

「い、いつもみたいに、お腹の奥……もっと突いて……ずんずんってしてぇ……！」

「了解」

愉《たの》しげに笑ったルヴァートが、ティルカの最奥を力強く突き上げた。

「ふぁあああっ……――！」

熱く潤《ほと》びた姫壺《ひめつぼ》の突き当たりを、陰茎でぎゅうぎゅうに圧迫される快楽に、脳が煮崩れそうになる。

「んっ……先、搾《しぼ》られる……ティルカ、これは駄目だって――っ」

子宮口に亀頭を食い締められて、ルヴァートが振り切るように腰を引いた。そのくせ離れることはできないようで、またしてもずちゅんっと深くまで突き入れる。

擦れ合う場所がじんじんして、気が遠くなりそうなほど気持ちがいい。

重たい腰遣いに責め立てられて、別世界に続く扉が開いていく。

「やぁっ、ああんっ……あ、いく、いっちゃう……！」

「うん、達こう。僕と、一緒に――……っ」

焼けつきそうな剛直に蜜道をぐぽぐぽと蹂躙《じゅうりん》されて、ティルカの背中がぐんっとしなった。

「や、いやぁ……ぁあああっ、あぁぁ――……！」

足先をぎゅっと丸め、胸を大きく喘がせて、快感の奔流に身を委《ゆだ》ねる。

蠕動《ぜんどう》を繰り返す媚肉《びにく》に揉み立てられて、ルヴァートも己の欲を解き放った。

迸《ほとばし》る液体をびゅるびゅると吐き出しきったのちも、深い場所になすりつけるように、腰をぐちぐちと押し回す。

「ルヴァート様……――」

呼吸を荒らげてのしかかるルヴァートを、ティルカはそっと受け止めた。

胸を重ねて互いの体温を感じながら、昂《たかぶ》った波がゆるゆると引いていくのを待つ。

「ごめん……今日もまた、昼間から盛《さか》ってしまった」

ようやく体を離すなり、ルヴァートは急に反省の色を見せた。

「せめてベッドに行くべきだったよ。背中は痛くない？」

「……もう少し早く我に返ってほしかったです」

流されてしまった自分にも責任の一端はあるのだが、ティルカは形ばかり抗議した。机の上で身を起こし、はだけさせられた服を素早く直す。

「お茶ももうとっくに冷めちゃいましたし。大事なお手紙までこんなになって……」

ぐしゃぐしゃになった紙の皺を伸ばしながら、ティルカはふと手を止めた。

言い訳をするのならば、見ようとして見たのではないし、読もうと思って読んだのではない。

折り畳まれもしない状態の上、その筆跡があまりに流麗だったので、自分もこんな字が書けたらと目を奪われてしまったのだ。

文面はごく短かったが、連なる文字の意味が取れた瞬間、胸がひやりとする。

『私の大切な、愛しいルヴァート

先日は手紙をありがとう。

前のように歩けるようになったと聞いて、神の御加護《ごかご》は本当にあるのだと、感謝の祈りを捧げました。

私もあなたと同じように、一刻も早く会いたいです。

人目を気にしないですむよう、ホテルに部屋を取ります。また追って連絡するわね。

コーデリア』

レースのように繊細な縁《ふち》取りのある便箋から、ほのかに立ちのぼる香水の香り。

末尾に記された名前は、明らかに女性のもの。

極めつけは、ホテルでの逢瀬《おうせ》の約束。

（これって……──）

ルヴァートとこういう関係になってから、他の女性の存在を感じたことは初めてだった。

たった一枚の手紙からでも、書き手の品格がほの見える。きっと美しく教養高い、本物の淑女なのだろう。

（もしかして、以前にお付き合いをしていた人とか？）

もやもやした気持ちでルヴァートを窺うと、にやりと笑う彼と目が合った。

「顔に書いてあるよ、ティルカ。『私は焼きもちを焼いています』ってね」

「えっ……!?」

そんなにわかりやすいだろうかと、頬を押さえる。

「僕が浮気や二股をしてるって疑った？」

「そんなことは……」

「いいから、正直に言ってごらん」

優しく促され、ティルカはありのままの気持ちを打ち明けた。

「少しだけ不安になりました。ルヴァート様に釣り合う生まれも見た目も才覚も、私は何も持っていませんから……」

「まだそんなことを考えてるの？」

ルヴァートは苦笑し、噛んで含めるように言い聞かせた。

「何度でも言うけど、僕が妻に迎えたいのはティルカだけだよ。謙虚さは美徳だけど、自己卑下は何も生み出さない。君以上に素晴らしい女性はどこにもいないって信じる僕の気持ちを、簡単に踏みにじらないでくれないかな」

「……はい。ごめんなさい」

ティルカは殊勝《しゅしょう》に謝った。

自信を持てと言われたところで一朝一夕《いっちょういっせき》には叶わないが、必要以上に卑屈になることは、ティルカを選んでくれたルヴァートごと貶《おとし》めるということだった。

「じゃあ、この手紙の方は？」

「気になる？」

「なります」

「だったら、一緒に会いに行こうか」

ルヴァートは悪戯《いたずら》っぽく笑った。

「そのうち紹介しようと思ってたんだよ。――これから長い付き合いが始まる、君の姑《しゅうとめ》になる人だから」

第八章　異母兄弟の確執

嫁と姑。

その言葉から連想されるものといえば、犬猿の仲、世代間格差、反目に衝突にいがみ合い——と、後ろ向きなものが多い。

ときには本当の親子以上に仲のいい場合もあるのだろうが、井戸端会議に集まる村の人妻の大半は、夫の母との付き合いについて愚痴を零していた。

（窓の桟《さん》を指でなぞって、「ティルカさん、ここに埃《ほこり》が残っていてよ」とか言われるのかしら？　いや、相手はこの国の王妃様なんだから、そんなスケールの小さなことは……でもスケールの大きな嫌がらせって、もっと怖いんですけど……）

ルヴァートの義母であるコーデリアと対面するにあたり、ティルカは大いに緊張していた。

出向いた街は、別荘から馬車で一刻ほどの距離にあり、王都には及ばないが充分に賑《にぎ》わっていた。

田舎育ちのティルカは、目抜き通りを行き交う大勢の人や、華やかな商店のひとつひとつに、つい目を奪われてしまう。ルヴァートとシオンが一緒でなければ、まっすぐ歩くことも難しかったし、すぐに迷子になってしまっていただろう。

活気に満ちた通りからやや奥まった場所に、コーデリアの指定したホテルはあった。それほど大きな建物ではないが、歴史を感じさせる重厚な煉瓦《れんが》造りだ。

「妃殿下……おっと、かの方もすでにいらしているようです」

フロントでのやりとりを終えたシオンが、あたりを憚《はばか》りつつ報告した。

ルヴァートにしてもコーデリアにしても、今日の行動はお忍びなので、あまり目立ったことはできないのだ。

「殿下とティルカ様のためのお部屋も用意されているらしいので、ひとまず少し休みましょう。面会はそのあとということで」

そうして通された部屋もまた、ティルカが息を呑むほどに優美だった。

二間続きになった居間と寝室の他、広々としたバスルームも独立してついている。飾られている陶器の壺や絵画の価値はわからないけれど、万一にも割ったり汚したりしないよう、絶対に触らないでいようと思った。

「ティルカ様、ルームサービスのお茶を飲みますか？　あ、コーヒーもありますね。お腹が空いているなら、軽い食事もできるようですよ。俺はこの、海の幸と野菜のフリットってやつが気になるなぁ。よかったら半分こしませんか？」

「なんでも好きに頼んでいいから、僕のティルカに馴《な》れ馴《な》れしく話しかけるな。——ティルカ？　さっきから何をしてるんだ？」

シオンを邪険にあしらったルヴァートが、姿の見えないティルカを探して、バスルームを覗き込んだ。

そのティルカはといえば、洗面台の鏡の前で、懸命に慣れない化粧をしていた。息子の恋人に対峙《たいじ》する女親は、鵜《う》の目《め》鷹《たか》の目《め》で相手を判定《ジャッジ》してくると聞く。

人は見た目ではないとはいえ、あまりに野暮《やぼ》ったい姿で呆れられるのは避けたかった。

（濃すぎるお化粧は厳禁だけど、ぼんやりしすぎても駄目だし。できるだけ知的に、上品に——って、もともとの顔が狸に似てるのに、無理……！）

垂れ気味の眉に、ただただ大きいばかりのどんぐり眼《まなこ》。ふっくらした頰は健康的だが子供っぽく、洗練された雰囲気とはほど遠い。

産みの母に似ているという顔に不満を持ったことはないが、こんなときばかりはもう少し大人っぽい造作ならよかったと思ってしまう。本物の美人ではなくとも、せめて美人「系」を装うことができる程度に。

「ルヴァート様、すみません。やっぱり私、王妃様にお会いする自信がありません……」

紅筆を握ったままうなだれると、ルヴァートはやれやれとばかりに溜め息をついた。

「そんなに心配しないでいいよ。義母上《ははうえ》は君が思ってるような人じゃないから」

もちろんティルカも、孤児院に慰問に来てくれたコーデリアのことは覚えている。神話の女神のように美しく、常にたおやかな微笑を浮かべた貴婦人の中の貴婦人。子供たちが披露する歌やお芝居を楽しそうに観賞し、蝶《ちょう》が羽ばたくようなおっとりした拍手をしてくれた。

少なくともあの光景を思い出す限り、意地悪な人だという印象はない。

（だけど、どんなお母さんでも、息子を奪っていく相手には厳しいって言うし……）

シオンの話によると、コーデリアはルヴァートのことを、幼い頃からとても可愛がっていたらしい。

現国王の年齢からすると、コーデリアは非常に若い妃だったから、成長したルヴァートと並ぶと、ときに姉と弟のように見えたという。

（ルヴァート様の家族なんだから、私も好きになりたいけど……向こうにそう思ってもらえなかったらどうしよう？）

とにかくもう一度化粧をやり直そうと、濡らしたハンカチでごしごしと顔を拭《ぬぐ》っていたとき、居間のほうの扉がノックされる音が聞こえた。

「ん？　ルームサービスはまだ頼んでないはずだよな？」

シオンの独り言ののち、扉の開かれる気配がし、「うわっ！」と驚きの声があがった。

「ええっ、ちょっと奇襲にもほどが――あっ、駄目ですよ、妃殿下！　そっちにはまだ、心の準備のできてない人が！」

何かを察したように、ルヴァートが身構えたその直後。

「……まさか」

「会いたかったわ、ルヴァート！　久しぶりね！」

バスルームに飛び込んできた人物に、ティルカは度肝を抜かれた。

（コ、コーデリア様？　よね？）

自分の見ているものが間違いではないかと、何度も目を擦る。

ルヴァートの頬に音高くキスして、プラチナブロンドをくしゃくしゃと掻き回す女性は、顔だけは記憶の中の王妃だったが、その装いが珍妙すぎた。

麻のブラウスと毛織のベストに、接《つ》ぎのあたった木綿のスカート。

豊かなブルネットは赤い三角巾に包まれ、その肘にひっかけられているのは、果物や野菜がぱんぱんに詰め込まれた買い物カゴ。

――どこからどう見ても、市場を回ってきたそこらの女将《おかみ》さんだ。

「義母上……またなんとも自由な感じで」

ルヴァートが言葉を飾りつつ苦笑いすると、

「王妃としての自覚に欠けているお馬鹿さん。でいいのですよ、ルヴァート殿下」

呆《あき》れ返《かえ》った様子の中年女性が現れ、コーデリアの三角巾を毟《むし》り取った。喉元まで襟の詰まった黒いドレスを着た彼女は、どうやらコーデリアの侍女のようだ。

「ことあるごとに人目を忍んで、こんな酔狂な真似ばかりなさって。殿下にお会いになるのを口実に、今日も街をふらふらと……」

「今回こそは、値切りっていうのをやってみたかったのよ」

侍女の苦言などどこ吹く風で、買い物カゴを掲げたコーデリアは得意げに胸を張った。

「林檎がふたつで五ルランのところ、交渉して三つにしてもらったの！　なかなか買い物上手でしょう？」

（お……思ってた方と、だいぶ違うんですけど）

慰問の際の典雅《てんが》な王妃と同一人物とは思えない。コーデリアの意外すぎる一面に、ティルカは呆気にとられっぱなしだ。

「義母上の趣味は、こうして変装をして、市井《しせい》の様子を覗《のぞ》き見《み》ることなんだ」

ルヴァートがそう説明した。

「僕も小さい頃は、シオンと一緒によく連れていってもらったな。屋台の串焼きを食べたり、大道芸を見たり、風車の玩具《おもちゃ》を買ってもらったり……」

「ええ、懐かしいわね。でもひとつ訂正するなら、これはただの趣味じゃないわ。調査よ」

コーデリアは、人差し指をぴんと立てて主張した。

「自分の国の民がどんな暮らしをしていて、今の物価や治安はどうなってるのか、肌で知ることは大事でしょう？　政治への不満や生活の不安についても、生の声が聞こえてくるし。陛下にもちゃんと報告して、税率や法律を定めるときの参考にしていただいてるのよ」

突飛な王妃だとばかり思っていたが、その言葉で彼女を見る目が変わる。

「民の立場に立って」と口で言うのは簡単だけれど、王族や為政者が本当の意味で、平民と同じ目線を持つことは難しい。

そこをコーデリアは、自《みずか》らの目や耳で情報を集め、国政に生かそうとしてくれているのだ。

「あなたがティルカちゃんね？」

コーデリアに微笑みかけられ、ティルカははっとした。

今の自分は、化粧が中途半端に落ちたひどい顔をしている。

「すみません、見苦しい姿で……！」

「あらあら、そんなに乱暴に擦っちゃ駄目よ。せっかくの綺麗な肌を傷《いた》めてしまうわ」

ハンカチでごしごしと顔を拭うティルカの腕を、コーデリアはやんわりと摑んで止めた。

「あとで私の部屋にいらっしゃい。ちゃんとオイルで浮かせて、丁寧に落としてあげるから」

「は……はい……」

すっかりコーデリアのペースに呑まれて、頷くことしかできない。

そこにルヴァートが割って入り、ティルカの肩を抱いて義母に向き直った。

「義母上、改めて紹介します。僕の花嫁になるティルカです」

「知ってるわよ。いつだったか、木に登って降りられなくなってる猫を助けたときに、傷の手当てをしてくれた子でしょう?」

ティルカは驚いてルヴァートを見た。

あのときのことを、彼がコーデリアにも伝えていたとは思わなかった。

「すごく優しくて可愛い子だったって、嬉しそうに何度も話してくれたじゃない。あれがあなたの初恋だったんじゃないの?」

「義母上!」

それ以上言うなとばかりに、ルヴァートが声を強めた。その頬がほのかに染まっているのに、ティルカは目を瞠《みは》った。

「ごめんなさいね。この子ったら照れ屋なの」

コーデリアはくすくすと笑い、ティルカに目配せした。

「人前では優等生を気取ってるけど、案外子供っぽいし我儘だしね。あなたにもたくさん迷惑をかけたんじゃない?」

「そんなことは……」

「ルヴァートの義母として、私からもお礼を言います」

コーデリアはふっと真面目な顔になり、頭を下げた。

「体が不自由になったルヴァートを親身に支えて、希望を持たせてくれてありがとう。こうして彼にまた会えたのは、あなたのおかげだわ。どうかこの先も、ルヴァートの一番の味方になってあげてほしいの」

「コーデリア様……――」

なんてもったいない言葉だろうと、ティルカは胸を押さえた。

姑という言葉の響きに勝手に怯えていた自分が、愚かだったと恥ずかしくなる。

「あなたならきっと、私よりも民の気持ちに寄り添った王妃になれるでしょう。不安なことがあったら私に相談してね。内面はどうあれ、王妃らしい振る舞い方についてなら、いくらでも教えてあげられるし」

「そうですよ。僕が外面《そとづら》を取り繕うのが得意なのは、間違いなく義母上の影響です」

さっきのお返しのように、ルヴァートが軽口を叩いた。

「そんなわけだから、ティルカ。義母上に遠慮することは何もないよ」

「そうそう。思ったことはなんでも話してちょうだいね」

「でしたら、あの……」

言おうか言うまいかと迷っていたことを、ティルカは思い切って口にした。

「さっき、五ルランで林檎を三個買えたとおっしゃってましたが、この時期は林檎の旬ですから、五ルランなら四個が底値です。あと一ルラン出せば、六個は買えたかもしれません」

コーデリアは「まぁ」と口元を押さえた。

「私ったら、ぼったくられちゃったってこと？」

「はい。あとひと息粘れたはずです」

「やだ、悔しい！　ティルカちゃん、今度は一緒に買い物に行きましょ」

「お供します。庶民の値切りの真髄を、とくとお見せいたします」

すっかり意気投合した二人に、ルヴァートは満足そうに微笑み、侍女は諦めたような溜め息をついている。

そこにシオンがひょいと顔を覗かせた。

「和《なご》やかな雰囲気のところ恐縮ですが、いい加減こちらにいらっしゃいませんか。今日の本題は、バスルームで話すにはいささか落ち着かないかと思いますが」

「ああ、そうだね」

「シオンの言うとおりだわ」

ルヴァートとコーデリアが頷き合い、ティルカだけがきょとんとした。

（本題って、なんのこと？）

コーデリアにルヴァートの元気な姿を見せて、ティルカを紹介することの他にも、今日は目的があったらしい。

全員が居間に腰を落ち着けると、ルヴァートはおもむろに切り出した。

「ティルカには初めて聞かせる話になるけど、実は最近、例の事故について洗い直してたんだ」

「事故って……あの、落馬をなさったときの？」

今から一年と少し前。王侯貴族の若者が集《つど》う早駆けの大会で、ルヴァートは愛馬から振り落とされ、車椅子での生活を余儀なくされた。

「冷静になって思い返すと、いくつか不審な点があってね」

ルヴァートの言い分はこうだった。

彼の愛馬は突然荒ぶり出したが、おとなしい普段の性格からして、あんな暴走を起こすのは不自然だった。馬は賢い生き物で、たとえ混乱した戦場にあっても、心を通わせた主であれば危険に晒すような真似は決してしない。

「その馬は、事故のあとどうなったんですか？」

「――殺された。僕が意識を失ってる間に」

沈痛な面持《おもも》ちで答えられ、ティルカは息を呑んだ。

その先を補うように、シオンが続ける。

「貴《とうと》い王太子に怪我を負わせた以上、たとえ動物であっても不敬罪が適用されると声高《こわだか》に言い張った人物がいたんです。ランドヴォール公爵――側室のジャクリーン様の父親で、アティウス殿下の祖父に当たる方ですが」

「そもそも、あの大会を開こうって言い出したのもアティウスなのよね」

次《つ》いで話し出したのは、眉根を寄せたコーデリアだ。

「あの子は乗馬が得意じゃないのに、おかしいとは思ったのよ。人前でルヴァートと比べられることだって、昔からずっと嫌がってたのに」

（もしかして……）

ティルカはごくりと唾を呑んだ。

口にするのも恐ろしいことだが、「どう思う？」と問いかけるように、ルヴァートがこちらを見つめているから。

「……アティウス様が、ルヴァート様の馬に何かを仕掛けたということですか？」

ルヴァートを罠《わな》にかけるべく、わざと大会を企画して。

即座に馬を処分したのも、見つけられてはまずい痕跡を消すためだったとしたら。

「今の段階ではなんとも言えない」

ルヴァートは苦い溜め息をついた。

「一年以上も前のことだから、確かな証拠は何もないんだ。義母上に頼んで、アティウスの取り巻きや、ランドヴォール公爵周辺の人間にも探りを入れてもらったけど」

「そもそもアティウスが、私のことを遠ざけているから……ごめんなさい。これといった報告は何もないわ」

コーデリアは悄然《しょうぜん》と肩を落とした。

「私がルヴァートを贔屓《ひいき》にしてたのは本当だけど、アティウスともできるなら仲良くなりたかったのよ。でも彼には実のお母様がいたし、あんまり出しゃばっちゃいけないって思ううちに疎遠になってしまって……残念だけど、今じゃすっかり敵視されてるみたいね」

「ちなみに国王陛下は、事故についてはどう考えていらっしゃるんです？」

シオンに尋ねられ、コーデリアは難しい顔をした。

「今になって、怪しいと思い出したようではあるわ。だけど陛下にとっては、ルヴァートもアティウスも等しく自分の息子でしょう。どちらかに肩入れすることはできないし、一度はルヴァートを王太子の座から外したわけだし……」

「それについては何も恨んでいません」

かすかな不満を感じているらしいコーデリアに、ルヴァートが言った。

「父上は最後に、僕自身の気持ちを尋ねる手紙をくれました。そのときは回復の見込みがないと思っていたので、廃嫡してくれと返事をしたんです。いつまでも状況を曖昧なままにしておいては、周囲も混乱するでしょうから」

ルヴァートは淡々と語ったが、そのときの心境を想像するとティルカの胸は痛んだ。

だが、今のルヴァートは心身ともに健康だ。再び王宮に戻り、王太子としての責務をこなすのになんの問題もない。

「このまま殿下が復帰なさるなら、不安の芽は余計に摘んでおかなきゃいけません」

ティルカに向けて口を開いたのは、シオンだった。

「落馬事故の黒幕がアティウス殿下なのだとしたら、あの一回だけで引き下がる保証はありません。また手を変え品を変え、こちらを脅《おびや》かしにこないとも限りませんから」

「僕に直接仕掛けてくるならともかく、心配なのは君のことなんだ」

「私？」

ルヴァートに手を握られ、ティルカは戸惑った。

「アティウス様から、意地悪や嫌がらせをされるかもしれないってことですか？　ある程度のことなら覚悟してます」

己の出自を考えれば、どうあっても軽んじられるのは避けられない。だから平気だと伝えても、ルヴァートの表情は硬いままだった。

「そんな生易しいものじゃすまないかもしれない」

「というと？」

「昔のアティウスは、手合わせをして負けると、僕の大事にしてた船の模型や標本を壊す子供だった。癇癪《かんしゃく》を起こして奇声をあげて、修復できなくなるまでボロボロに」

背筋に冷たいものを流し込まれた気がした。

ルヴァートが王宮に戻ることに慎重になっているのは、自分自身よりもティルカを――彼の大切なものを傷つけられる事態を恐れているからだったのだ。

「『疑わしきは罰せず』なのが、この場合もどかしいですね。なんとかして、アティウス殿下の悪事の証拠を摑めればいいんですが」

シオンは完全に、アティウスが犯人だと決めつけている。しかし誰も窘《たしな》めようとはしないところを見ると、第二王子の人望のなさが察せられた。

「……王太子の地位って、そんなに魅力的なんでしょうか」

何気なく呟いた瞬間、全員の視線が集中して、ティルカはたじろいだ。

「す、すみません。もちろん、ルヴァート様にはふさわしいと思ってますし、大切なお役目だってことは理解してます。ただ、私みたいな平民からすると、王様も王子様もお仕事が多くて大変だなって……相当な責任感がないと務まらないし、勉強するべきことも多いでしょうし」

「言われてみれば本当よね。私だって、皆の思い描く『王妃様』をやってると、ときどき肩が凝って仕方ないもの」

コーデリアがころころと笑って、場の空気が解《ほぐ》れた。ルヴァートの立場や志《こころざし》を軽んじるつもりの発言でなかったことは、わかってもらえたようだ。

「王太子の地位ね――責任感や向上心なんてかけらもなくても、贅沢に溺れて権力を行使したいお子様にとっては、魅力的なんでしょうね」

苦笑しながらではあるが、今日のシオンはずいぶんと辛口だ。

耳の後ろに髪を搔きやり、コーデリアが独り言のように呟く。

「求められることを果たせないのに、待遇だけは恵まれてる状況ってつらいものよ。アティウスには、そういうことがまだわかってないんでしょうけど」

彼女がほのめかしたのは、正妃の義務として、跡継ぎを産めなかったことについてだろう。

嫌なことを思い出させてしまったかと焦るティルカに、コーデリアは笑った。

「気の毒だって思わないでね。つらかったのはあくまで昔の話。陛下は私を大切にしてくださるし、ルヴァートに義母上って呼んでもらえるだけで、充分幸せなんだから」

子宝に恵まれなかったことを、コーデリアはさばさばと語ったが、こんなふうに思い切れるようになるまでに、たくさんの葛藤があったのだろう。

改めて彼女を尊敬していると、コーデリアは冗談っぽく言った。

「それに、もし私が男の子を産んでたら、またひと悶着あるものね。ルヴァートでもアティウスでもなく、その子が次の王に――」

唐突に言葉を切ったコーデリアに、ルヴァートが顔を上げた。

その面《おもて》には訝《いぶか》しむような、どこか緊迫したような色がある。

「義母上、まさか」

「……私、今ちょっと、いいこと思いついた気がするんだけど」

「いけません。危険です」

「そうでもないと思うわよ？　賢いあなたがちゃんと知恵を貸してくれれば」

「ですが……！」

最初は話が見えないティルカだったが、コーデリアが『いいこと』の内容を具体的に語るにつれ、榛色の瞳を見開いた。

（それは……確かに読みが当たれば、いろいろなことが一気にうまく運ぶけど。万一のことがあったら、コーデリア様は……――）

ティルカがはらはらと見守る中、コーデリアは微笑んだ。

「ねぇ、ルヴァート。何度も言うけど、あなたは実の息子同然なの。小さなあなたと手をつないでいろんな場所に行ったのは楽しかったし、思春期になって生意気なことを言い出したときは、腹が立って喧嘩もしたわよね」

「……すみません、忘れてください」

「忘れないわ。何ひとつだって忘れたくない。全部が大切な思い出だもの」

気まずそうなルヴァートを、コーデリアは慈愛に満ちた眼差しで見つめた。

「これまでたくさんの喜びをくれたあなたに、お返しがしたいのよ。陛下もきっと理解して、私を守ってくださるわ」

「義母上――……」

ルヴァートは瞑目《めいもく》し、長い時間考え込んだ。

シオンもティルカも息を詰め、彼の決断を待った。

やがてルヴァートは意を決したように唇を噛み、コーデリアに向かって頭を下げた。

――それから十日後。

一年以上もの隠遁生活を続けた湖畔の別荘を引き払い、婚約者であるティルカを伴って、ルヴァートは王宮へと帰還した。

◆
◆
◆

「くそっ！　今頃になって、一体どういうことなんだ……！」

罵声とともに投げられた花瓶が、壁に当たって派手に砕けた。

水に濡れた壁紙と床に散った破片を見やり、アティウスの従者を務めるサウルは、溜め息を噛《か》み殺《ころ》した。またメイドたちの手を煩《わずら》わせ、陰で文句を言われてしまう。

「どうしたの？　どうしたっていうの、アティウス」

すでに二十歳《はたち》を超えた息子に、おろおろと媚びるような猫撫で声をあげるのは、アティウスの母親のジャクリーンだ。

ランドヴォール公爵の娘であり、現国王の唯一の側室だが、すでに寵愛《ちょうあい》は途絶えている。

アティウスがまだ幼かった頃、『そなたは息子を甘やかしすぎだ』と国王から叱責されて、ジャクリーンがへそを曲げたのがきっかけだ。ルヴァートよりも我が子を尊重しろとしつこく訴え続けたのも、国王の心を冷えさせるに充分だった。

実年齢は正妃のコーデリアよりも若いはずだが、かつての美貌も今は衰え、骨ばった輪郭に白粉《おしろい》を厚塗りした姿は、五十歳近いと言われても驚かない。

「落ち着いてちょうだい、アティウス。ルヴァートが帰ってきたとはいっても、脚が不自由なことに変わりはないのでしょう？」

第一王子のルヴァートが、いずれ結婚するつもりだという娘を連れて戻ってきたのは、つい昨日のことだった。

一年前に比べるとずいぶんさっぱりした顔つきをしていたが、移動には相変わらず車椅子を使っており、麻痺した下半身が回復した様子はなかった。

「ルヴァートがあの状態でいる限り、王太子の座はあなたのものよ。焦る必要なんて何もないんだから――」

「あいつのことなんか、今はどうだっていいんだよ！」

アティウスは駄々っ子のように床を踏み鳴らした。

物心ついたときから敵対視していたルヴァートのことを、アティウスは一度も「兄」と呼んだことはなかった。

「それよりも、問題なのはあの女だ。忌々《いまいま》しい王妃の奴め……！」

「コーデリアがどうしたというの？」

ジャクリーンの顔色がさっと変わった。

国王の愛情を一心に受ける美しい正妃の存在は、彼女にとってもずっと目障《めざわ》りなものだった。

「今日の昼、父上に呼ばれて内密の話ってやつをされたんだ」

檻に閉じ込められた熊のように、アティウスは苛々《いらいら》とそこらを歩き回った。

母親譲りの金茶の髪に、冬の空のようなブルーグレイの瞳。顔立ちだけなら美男子と呼べないこともないが、目の下の皮膚はぴくぴくとひきつり、唇からは血の気が失《う》せている。

舌打ちとともに、彼は吐き捨てるように告げた。

「信じられないことだけど――……どうやら王妃が身籠った。生まれるのは来年の夏頃らしい」

「なんですって⁉」

ジャクリーンは息子の腕にしがみつき、きぃきぃと甲高い声でまくしたてた。

「だって彼女はもう四十を過ぎているのよ？　これまでずっと、何をしても、子供はできなかったのに！」

「本当に今更だけど、医者によれば、ありえないことじゃないらしい」

「でも……でも、まだ男の子だって決まったわけじゃないんでしょう？」

一縷《いちる》の希望にすがるように、ジャクリーンは引き攣《つ》った笑みを浮かべた。

「生まれてくる子が女の子なら、アティウスがこの国を継ぐことに変わりはないわ。だとしたら、何も心配はないんだから」

「生まれてからじゃ遅いんだよ！」

アティウスは母親の体を乱暴に突き飛ばした。

「もしそいつが男なら、やっと巡ってきた王太子の座をみすみす奪われることになる！　とんだ番狂わせだ！」

声を荒らげ、肩を弾ませる愛息《あいそく》に、ジャクリーンは目を据わらせて告げた。

「――大丈夫。大丈夫よ、アティウス。わたくしもお爺様《じいさま》もあなたの味方。絶対にそんなことにはさせません」

「母上……――じゃあ」

「一年前と同じことをするのです」

ジャクリーンはサウルに向き直り、断固とした声で命じた。

「聞いていたでしょう、サウル。お前の仕事はわかっているわね」

「えっ⁉」

影のように控えていたサウルは、たちまちびくついた。

「また……また俺がやるんですか？　アティウス殿下――」

止めてほしいと暗に願う従者に向けて、アティウスは無情にも頷いた。

「ああ。こうなった以上、そうするしかないだろうな」

「ですが、二度も同じ手を使えばさすがに怪しまれます」

「なりふりなんて構ってられるか！」

花瓶に続いて投げつけられたのは、机の上にあった文鎮だった。

耳の横を重たい青銅の塊がかすめ、サウルは腰を抜かしてへたり込んだ。

つかつかと歩み寄ってきたアティウスが、その頭を鷲掴みにする。

ブルーグレイの瞳が酷薄に細められた。

「お前は俺に返しきれない恩があるはずだ。借金だらけで首をくくる寸前の、間抜けな父親を救ってやったのは誰だった？」

「ア……アティウス殿下です……っ」

「そうだ。この先も俺が援助をしてやらなけりゃ、名ばかりの子爵家なんぞ、あっという間に潰れるぞ。お前の母親や妹も、辻に立って体を売らなきゃいけなくなるかもな」

家族を人質にされたサウルは、泣き出しそうに顔を歪めた。

「ちょうど王妃は明後日の夜、篤志家《とくしか》たちの集まりに顔を出す予定があるそうだ。父上は一緒じゃないらしいから、そこを狙え」

「……はい」

逆らうことを許さない主の命に、サウルは観念したようにうなだれた。

◆　◆　◆

二日後の夜。

アティウスは自室の椅子に腰かけ、親指の爪を癇性《かんしよう》に齧《かじ》っていた。

（サウルは上手《うま》くやっただろうな……）

半刻ほど前、王妃を乗せた馬車が城門を出ていくのを、廊下の窓から見送った。事が上手く運んでいれば、そろそろ結果が出ているはずだ。

それにしても、サウルがなかなか報告に戻ってこないのが気にかかる。

爪を噛みながら貧乏揺すりをしていると、ようやく待ち詫《わ》びたノックの音がした。

「遅かったじゃないか！　一体何をもたもたと――」

自《みずか》らドアを開けに行き、アティウスは立ち尽くした。

そこにいたのは、予想外の人物だった。

「こんばんは。初めまして、アティウス様」

ドレスのスカートを持ち上げ、不慣れそうな礼をとるのは、赤毛に榛色の瞳を持つ少女だった。顔を合わせるのは初めてだが、聞いていた特徴からすると、異母兄の婚約者としてやってきた娘だろう。

視線を下げれば、車椅子に乗ったルヴァートもいる。

体の自由をなくし、別荘に引きこもることを選んだくせに、今は妙に涼しげな顔をしているのが気に食わなかった。

「こんな時間に何しにきた」

「別にいつ訪ねてきたっていいじゃないか。僕たちは兄弟なんだから」

ぶっきらぼうなアティウスに対し、ルヴァートは優雅に微笑んだ。

「帰ってきてから、まだお前とはゆっくり話してなかったからね。僕の婚約者もちゃんと紹介したかったし」

「ティルカと申します。どうぞよろしくお願いいたします」

改めて名乗った娘に、アティウスは値踏みするような目を向けた。

(確かグランソン伯爵の庶子で、つい最近まで認知もされてなかったって話だったな)

清楚な顔つきの割に、豊かな胸をしているところは少しそそられる。

昔、毎年の慰問で訪れていた孤児院に、こんな顔の少女がいた気がした。

貧乏臭くて騒がしい子供たちに纏わりつかれるのが、アティウスは大嫌いだった。ルヴァートは嫌な顔ひとつせずに接していたが、あれはきっと点数稼ぎだ。

(いつだってそうなんだ、こいつは。俺よりもずっと出来がいいことを見せつけるみたいに、猫をかぶって、わざとらしい笑顔を浮かべて——……)

子を生《な》すこともできないくせに、結婚相手が見つかったこと自体むしゃくしゃする。

もっと惨めったらしい人生を歩めばいいのにと思っていたから、卑しい出自とはいえ、可憐な婚約者を紹介しにきたルヴァートがますます疎《うと》ましかった。

「部屋に入れてくれないのか？　アティウス」

「お前と話すことなんかない。帰れ」

扉を閉めて追いやろうとしたとき、ルヴァートが上着の懐に手を入れた。

「なら仕方ない。――父上に、これをご覧いただくことにするよ」

「っ……!?」

ルヴァートが取り出したものを見て、アティウスは狼狽《ろうばい》した。

それはガラス製の注射器だった。

人の体に打つものよりも大型で、針もずいぶんと太い。中に満たされているのは、うっすらと赤い色をした液体だ。

思わず後ずさった拍子に、ルヴァートが車椅子を前に進めた。勝手に部屋に入られてしまい、その背後でティルカが扉を閉めた。

「君の従者が厩舎《きゆうしや》に忍び込もうとしてるのを、うちのシオンが見つけてね。義母上の馬車を引くはずの馬に、これを打とうとしているところを取り押さえたんだけど……一体、この中身はなんだろうね？　どれだけ問《と》い質《ただ》しても何も答えようとしないから、主人の君に訊《き》きにきたんだ」

（くそっ、サウルの奴め……！）

アティウスはありとあらゆる罵詈雑言《ばりぞうごん》を喚き散らしそうになった。

もとからとろくさいところのある男だったが、よりにもよってルヴァートの従者に、犯行の現場を押さえられてしまうとは。

しかし、サウルが黙秘を貫いたことは不幸中の幸いだ。

こういう場合にも決して裏切らないよう、実家の窮状につけ込んで、生かさず殺さず支配してきた甲斐があった。

「さぁ、なんのことだかな」

アティウスは露骨に迷惑げな表情を浮かべた。

今の状況ならまだ、すべての罪をサウルに押しつけ、言い逃《のが》れることができるはずだ。

「従者のしたことを、主人のお前が知らないっていうのか？」

「ああ、知らないね。その注射だって、ただの栄養剤かもしれない」

「だったら、僕の推測を聞いてくれ」

ルヴァートはアティウスをひたと見つめ、語り始めた。

「正確な分析に回せばはっきりすることだけど、おそらくこの薬液は興奮剤だ。義母上を事故に遭わせて流産させるか、あるいはお腹に宿った子供ごと殺《あや》めようと目論《もくろ》んだんだろう。去年の早駆けの大会で、僕の馬にも同じものが打たれていたはずだ」

「ははは、ずいぶんと妄想たくましいな！」

アティウスは大声でせせら笑った。

「万一そうだったとしても、俺がサウルに命じたわけじゃない。忠義な従者が、主人を思うあまり勝手に暴走しただけだ。監督不行き届きだったことは責められても、まさか俺自身が咎《とが》を負うわけじゃないだろう？」

「……どこまでも卑怯《ひきょう》だな、お前は」

「確かな証拠もなく、人を犯罪者呼ばわりするほうが悪辣《あくらつ》じゃないのか？　それに万が一、お前の被害妄想が当たっていたとして――だ」

車椅子に座ったルヴァートを、アティウスは真上から見下ろした。

自力では立つことも歩くこともできない弱い存在を前にして、暗い嗜虐心《しぎゃくしん》が込み上げてくる。

「実際お前は、俺の仕掛けた罠にみすみす嵌《はま》ってそのザマじゃないか。俺の罪を告発して追い落としたところで、王太子に返り咲けるわけじゃない。俺が頭を下げたって、その体が元に戻るわけでもない」

でもな――とアティウスは下卑《げび》た笑みを浮かべた。

「たくさんのものをなくしたお前でも、まだ奪われたくないものがあるんだろう？」

「きゃあっ⁉」

アティウスはティルカの腕を摑み、乱暴に引き倒した。

仰向けになった彼女に馬乗りになると、ルヴァートが瞬時に血相を変えた。

「さっきの妄言をお前がこれ以上吹聴《ふいちょう》するなら、この女を目の前で犯してやる」

「やめろっ！」

身を乗り出そうとしてバランスを崩し、ルヴァートは車椅子ごと床に倒れ込んだ。

棒のように固まった脚を引きずり、腕の力だけで這おうとするが、芋虫にも似た遅々とした動きだ。

「いい恰好だなぁ、ルヴァート！」

アティウスは喉を反らせて哄笑《こうしょう》した。もがくティルカに顔を近づけ、粘ついた声で囁く。

「あんたも気の毒だな。こいつはもう男じゃないのに、形だけの妻にさせられて。立つこともできなきゃ、勃《た》ちもしないんだろう？　欲求不満であそこが疼くんじゃないのか？」

王族とも思えない下品な言葉に、ティルカは軽蔑しきったように顔を歪めた。

卑しい女の分際でと頭が煮立ち、アティウスは躍起《やっき》になってスカートの中に手を入れた。

「やめろ！　アティウス、やめてくれ！」

よほどティルカが大事なのか、ルヴァートが背後で必死に叫んでいた。

（あのルヴァートが、俺に懇願している……！）

脅す側と脅される側が逆転した快感に、背中がぞくぞくした。

それはそのまま性的な興奮にすり替わり、当てつけのつもりで押し倒したティルカが、より魅力的に思えてくる。

「僕が調子に乗りすぎた！　許してくれ、お前の言うことならなんでも聞くから！」

（いいぞ、いいぞ、もっと喚け――――！）

婚約者を目の前で裸に剥《む》いて、後ろから突っ込んでひぃひぃ啼《な》かせてやれば、誇りを粉々にされたルヴァートは、二度と自分に逆らおうと思わないだろう。

舌なめずりし、ティルカの膝を割り広げようとした瞬間だった。


「――とでも言うと思った？」


ルヴァートの声が急に冷え、襟首が後ろに引っ張られた。

「ぐえっ⁉」

喉が詰まり、蛙《かえる》が潰れるような声をあげたアティウスは、状況を理解してぎょっとした。

二本の脚で床を踏みしめたルヴァートが、アティウスを片腕だけで悠々と吊り上げている。

「お、お前っ……！　脚が動かないんじゃ……⁉」

「奇跡の復活なりし、ってところかな。健康な人間が車椅子に乗っちゃいけないって決まりはないだろう？」

にっと笑ったルヴァートの表情は、さきほどのアティウスよりも、よほど悪魔のそれに近かった。

寒気を覚えると同時に、アティウスの体は勢いよく投げ飛ばされ、壁にぶつかってずるずると崩れ落ちた。

「……うぅ……っ」

全身の骨が悲鳴をあげ、頭もぐらぐらする。

ようやく上体を起こした途端、二の腕にちくりと痛みを感じて、アティウスの身は凍った。

アティウスの首を羽交い締めにしたルヴァートが、注射器の針を表皮に浅く沈めていた。

「なっ……何する気だ、やめろ！」

「どうして焦るの？」

白々しく小首を傾げるルヴァートは、きっと何もかもわかってやっている。

「ただの栄養剤なんだよね？　お前も、慣れない王太子の仕事で疲れてるだろう。これを打てばきっと元気になるよ」

「やめろ、やめろやめろやめろやめろぉっ！」

アティウスは身も世もなく泣き喚いた。後先考える余裕もなく、失禁してしまいそうな恐怖に駆られて夢中で口走った。

「お前の言うとおり、それは興奮剤だ！　俺がサウルを使って、お前と王妃の馬に打てと命じた！　なんでも話すからやめてくれぇっ！」

馬を暴走させるほどの強力な薬を人間に打てば、心臓に負荷がかかりすぎて死んでしまう。

とうとう罪を認めて白状したアティウスから、ルヴァートはすっと身を引いた。

注射器の針も抜かれ、助かったと溜め息をついたのも束の間、ルヴァートは舞台役者のように朗々と声を張った。

「――ということだそうです、父上、義母上。それに、証人の皆様方」

はっと顔を上げ、アティウスは愕然とした。

いつの間にか部屋の扉は開かれ、へたり込む彼を大勢の人間が白い目で見ていた。

主だった役職の大臣たちに、アティウスの味方だったはずの取り巻きの貴族ら。

悲しそうな顔をした王妃と、苦い表情を浮かべて首を横に振る父王と。

「ち、父上！　違うのです、これは……！」

とっさに誤魔化そうとしたものの、

「この期《ご》に及んで、まだ口から出まかせの言い訳か？　見苦しいぞ、アティウス」

髪の大半に白いものが混じるフォルドナ国王は、毅然《きぜん》として命じた。

「アティウスを地下牢《ちかろう》に。ジャクリーンとランドヴォール公爵も共に拘束し、後日、正式な裁判を開く」

はっ、と声を揃えた衛兵たちが、アティウスの両腕を捕らえて立たせた。

「離せ、触るな、俺は何も悪くない！　元はと言えば、鼻持ちならないルヴァートの奴が！

いつもいつも、俺を馬鹿にした目で見るから……！」

引き立てられていくアティウスの罵声が、いつまでも尾を引いて響いた。

――彼が最後に目にした異母兄は、勝ち誇るような笑みではなく、ひどく疲れた痛々しげな表情を浮かべていた。

第九章　新妻の甘い務め

王宮内のルヴァートの部屋には、濃厚なブランデーの香りが漂っていた。

「ルヴァート様、そろそろお休みになりませんか？」

長椅子に座ったまま、夜半を過ぎてもグラスを手離さない彼に、ティルカは遠慮がちに声をかけた。

ルヴァートがこんなふうに酒を飲むところを見るのは、珍しい。いつもは食前酒を嗜《たしな》む程度なのに、今夜はボトルのほとんどを空にするほど。

それだけ今の彼はやりきれない気分でいるのだろう。

罠に嵌《は》めるような形で異母弟を弾劾《だんがい》した彼の隣に寄り添って、ティルカはさりげなくボトルの位置を遠ざけた。

「心配してくれてるの？」

ルヴァートは目線を上げ、儚《はかな》げに笑った。

「僕なら大丈夫だよ。――怖い思いをさせて、ごめんね」

ルヴァートが謝っているのは、ティルカがアティウスに押し倒されたことについてだ。アティウスの罪を白日のもとに晒すにあたり、ルヴァートはあらゆる可能性を想定し、周到な計画を練った。

まずは父王の協力を得て、コーデリアが妊娠したという偽の情報をアティウスに吹き込む。ずっと子供を望んでいたコーデリアに嘘をつかせるのは抵抗があったが、他でもない彼女本人がそうしてくれと言ったのだ。

正妃が男児を産めば王太子の座を追われるアティウスは、きっと焦ってなんらかの行動に出るはずだから、と。

囮《おとり》となったコーデリアには護衛がつけられ、口にする食事は厳重な毒味がなされた。

結果的にアティウスは、馬鹿のひとつ覚えのように、ルヴァートを陥れたときと同じ手段を取ろうとした。その可能性は充分に高いと踏んでいたから、厩舎の周囲にはシオンをはじめとする見張りを交替で潜ませていた。

実のところ、捕えられたサウルは罪の意識に耐えかね、泣きながらすべてを白状したのだが、彼の言葉だけでアティウスの罪を立証するにはまだ弱い。

アティウス本人の自供が必要だと判断したルヴァートは、証人を集めた上で、自《みずか》ら弟と対峙《たいじ》した。彼の油断を誘うため車椅子に乗り、いまだに脚が不自由なふりをして。

ティルカがあの場にいたのは、ルヴァートに甲斐甲斐《かいがい》しく寄り添ってみせることで、アティウスの苛立ちを煽り、ぼろを出しやすくさせるためだった。

ティルカ自身にも危険が及ぶかもしれないと言われたが、皆が一丸となって真実を明らかにしようとしているのに、怯《ひる》んではいられなかった。

馬乗りになられたときは生理的な嫌悪にぞっとしたけれど、ルヴァートが必ず助けてくれると信じていたから、怖いことは何もなかった。

「私は平気です。でも、ルヴァート様が……」

（――ルヴァート様は、やっぱり少し傷ついてる）

本来優しい彼のことだ。

アティウスのしたことははっきり言って逆恨みなのだが、こんなふうに拗《こじ》れるまで手を打てなかったことを、悔いているのかもしれなかった。

「事故が起きて目覚めたとき、僕がまっさきに何を考えたかわかる？」

ルヴァートは唐突にそう言った。

問いかけの形を取っていたが、それは限りなく独白に近かった。

「なんの根拠もなかったのに、僕はアティウスを疑ったんだ。こんな不幸な目に遭うのは、絶対にあいつのせいだって。僕の体がこんなになるまで壊れたのは、あいつに妬《ねた》まれたからだって」

「でも、それは事実だったんですから」

「結果的にはそうだった。だけどつらい目に遭ったとき、現実を認めたくなくて誰かのせいにする醜い気持ちを、僕はあのとき初めて知ったんだ」

呟いたルヴァートは、苦いものを噛みしめるような表情をしていた。

「それまで僕は、アティウスの怠惰さや我儘さを、心の底で軽蔑してた。やるべきことを放棄して文句ばかり言う自分を、恥ずかしいと思わないのかって」

ルヴァート自身が並々ならぬ努力家だったからこそ、余計にそう思えたのだろう。

「そのくせ僕は、表面的には優しい兄のふりをして、アティウスを励ましたんだ。勉強も乗馬も剣術も、もっと一緒に頑張ろうって。お前が王太子として僕よりふさわしいと思えば、身を引く覚悟だってあるとも言った。だけど、アティウスは……——」

『恵まれた立場から出来の悪い弟を見下して、さぞ気分がいいんだろうな』

『いじましい努力をして一が五になったところで、生まれたときから十を持ってる奴には一生敵《かな》わないんだよ！』

目に涙さえ浮かべて、アティウスはそう吐き捨てたという。

「あいつの実力が、本当にその程度のものだったのかはわからない。ただアティウス本人にとっては、それが真実だったんだ」

どれだけ頑張ったところで満足のいく結果は得られないし、王太子になれることもない。それをアティウスは、自分の未熟さゆえでなく、ルヴァートの存在そのもののせいだと考えた。目障りな異母兄を一方的に憎むことでしか、精神の均衡を保てなかったのだ。

「体が不自由になって、僕はやっと、以前の自分が傲慢だったって自覚した。誰だって弱くて狡《ずる》い心を持っているのに、自分が恵まれてるうちは、そのことに気づかなかったんだ」

「でも、ルヴァート様はこの一年間、疑いを胸に秘めていらっしゃったんですよね」

己の不幸をアティウスのせいにしたいのなら、真実を明らかにして意趣返しをするのは、もっと早くてもよかったはずだ。

「別に僕が寛容だったとか、そういう話じゃないよ」

ルヴァートはそう自嘲した。

「思うように動かない体のせいで鬱々して、何もかもがどうでもよくて、断罪する気力が湧かなかっただけだ。これ以上人と争うことで、どろどろした気持ちを抱《かか》え込みたくなかったからだし、報復したって元の生活は二度と戻らないとわかっていたから」

けれど、変わらないと思い込んでいた状況は変わった。

本来の婚約者の代わりにやってきたティルカは、頑《かたく》なだったルヴァートの心を溶かした。愛し合う喜びを知った彼の体は徐々に動くようになり、以前と遜色ないまでに回復した。

「プロポーズしたときに、僕が言ったことを覚えてる？」

「……はい」

ティルカは胸が詰まるような心地で頷いた。

あんなにも真摯《しんし》な求婚を、忘れられるわけがない。

『君のことは、僕が必ず守るから。そのために打てる手はすべて打つ。絶対に後悔させないって約束するから、一生そばにいてほしい。——駄目かな』

アティウスとの件に決着をつけない限り、この先も平穏な日々を過ごせる保証はない。

苦い思いを残すことになっても、ティルカを決して傷つけさせないために、ルヴァートは異母弟との決別を選んだのだ。

（ごめんなさい——……）

とっさにそう言いそうになって、ティルカは自分を押《お》し留《とど》めた。

今のルヴァートが望んでいるのは、きっとそんな言葉ではない。

「——私も後悔させません」

大言壮語だろうかとどきどきしつつ、ティルカはルヴァートの手を握った。

「ルヴァート様が、私を選んでくださったこと……絶対に後悔なさらないように、これからも誠心誠意お仕えします」

「ティルカ――……」

驚いたように見開かれた紫の瞳が、やがてゆっくりと細められた。

ルヴァートの顔に、ようやく混じり気のない笑みが浮かぶ。

「すごく嬉しいけど、それじゃメイドとしての誓いみたいだよ」

ティルカの肩を抱き込み、ルヴァートは甘い声音で尋ねた。

「僕の奥さんになってくれるんだろう？」

「……ええ」

頷くティルカの頬に、ルヴァートの指が這わされた。

予感を覚えて目を閉じれば、くすりと笑う気配がして唇を重ねられる。

初めは優しく、触れるだけのキスだった。

それが徐々に啄《ついば》むようなものになり、口を開けてという合図に、ルヴァートの舌が唇の結び目をなぞってくる。

（こういうことも、やっぱり奥さんの務め……よね？）

どんな形であれ、彼を元気づけることができるなら。

そんな大義名分もあって、すっかり馴染んだ一連の流れに、ティルカは陶然と身を委《ゆだ》ねた。

「ふ……はぁ……んっ……」

口内を、熱い舌でねっとりと撫で回される。

深い口づけをしながら耳朶《じだ》を捏ねられたり、首の後ろをくすぐられたりするのにも、ティルカはとても弱かった。

「ティルカの目、とろんとしてる。――キスだけでその気になっちゃったの?」

舌を絡めながら喋ることのできるルヴァートは、本当に器用だといつも思う。

ティルカのほうは息継ぎに苦労しつつ、言い訳のように答えた。

「ルヴァート様が……んっ……そうさせるんです……」

「いいよ。僕のせいにしていいから、うんといやらしくなりな」

先に服を脱いだルヴァートは、次にティルカのドレスに手をかけ、下着まですべて取り去った。

互いに全裸の状態で抱き合うのは初めてだと気づき、恥ずかしくて体が縮こまる。

そんなティルカを、ルヴァートは膝の上に向かい合うようにして座らせた。

「いつ見てもここは可愛いなぁ」

お気に入りの芸術品を愛《め》でるように、左右の胸をルヴァートが丹念に愛撫する。

淡い桃色の乳輪を親指でくるくるとなぞられて、ティルカの呼吸は浅くなった。

「んっ、あっ……ああ……はぁ……」

今夜も焦らすつもりなのか、ルヴァートはなかなか中心に触れてくれない。

刺激を待ち詫びて勝手に膨らんでしまう突起が、我ながらとても卑猥だ。

掻痒感《そうようかん》にも似た生殺しの感覚に耐え切れず、ティルカはもじもじと訴えた。

「……あの……その、真ん中も……」

「真ん中って、どこのこと？」

「わ、わかってますよね？　意地悪っ……」

「君が何を言ったところで、聞いてるのは僕だけだよ。ほら、教えて。ティルカはどこをどうされたいの？」

この手のやりとりを引き伸ばしても、結局は自分がつらいだけだ。

度重《たびかさ》なる情交でそのことを思い知らされているティルカは、ルヴァートの耳元に唇を寄せ、小声でねだった。

「ち……乳首、を……ルヴァート様の指で、摘《つま》んだり引っ張ったりしてください……っ」

「お安い御用だよ、いやらしい奥さん」

赤く染まった木苺《きいちご》にも似た部分を、それこそ収穫するようにきゅっとひねられ、全身が総毛立った。

「あぁ……っ！」

腫れて痺れる突起を、ルヴァートはいっそう強く捏ねあげてくる。乳房全体が汗に濡れ、片方の蕾をぬるつく舌に捕らえられた。

「ぁあっ！　あ、やっ、そんな……ぁあ……」

「こんなふうにされるの、好きだよね？」

「う……はぁ、あ……――」

熱い口内で唾液をまぶされながら、前歯と舌で扱《しご》かれると、じんとした疼きが突き抜ける。乳首のみならず、腰のあたりに甘苦しい快楽が集《つど》って、体中が官能の炎に炙《あぶ》られていくのがわかった。

「ほら、体温があがったよ」

ティルカのお尻から背中を、ルヴァートは逆《さか》しまに撫で上げた。たったそれだけでも、くすぐったさとは違う感覚に、身をよじらずにはいられなかった。

「興奮してる君に、僕も欲情する……節操なく、もうこんなだ」

鳩尾《みぞおち》のあたりを押してくるのは、今すぐにでも姫壺に包まれたいとばかりに、勢いを得て上向いた雄刀だ。

その力強さに初めて慄《おのの》いた日が、なんだかとても遠い気がする。

それが自分をとても気持ちよくしてくれるものだと知った今では、見ているだけで喉が渇くような気分になってしまう。

「ねぇ、一緒に弄《いじ》り合いっこしようか」

「え？」

意味は判然としないけれど、なんだか淫猥《いんわい》な遊びに誘われている――ティルカのその予感は当たっていた。

「片膝を立てて、あそこを見せて。同時に、僕のを握って——……そう」

従っているつもりはないのに、操り人形のように手足を動かされ、気づけば熱く脈打つものを摑まされていた。

ティルカの開いた股座《またぐら》には、ルヴァートの指が伸ばされる。

「やぁんっ……！」

二本の指で左右に花唇《かしん》を開かれると、とろりと愛液が零れ出た。発情しきった雌の匂いをルヴァートにも嗅がれているのだと思うと、どうしようもなく恥ずかしい。

「ティルカのここは、欲しがりだね。指が勝手に沈んでいくみたいだ……」

虚《うつ》ろな飢えを埋めてほしいと、媚肉《びにく》の割れ目は二本の指をずぶずぶと呑み込んでいく。もっと奥へとねだるように、襞という襞が貪欲にさざめいていた。

「んっ……あんっ、やぁ……」

蜜口にぎゅうぎゅうと押し込まれた指が、濡れそぼった膣内を掻き回す。ルヴァートにしか触れさせたことのない柔らかい場所から、ぐちゅぐちゅと粘着質な音が立った。

「ティルカも擦って。僕のこれ、一緒に気持ちよくして」

「は……はい……」

ティルカはそろそろと、手にしたものを上下に扱《しご》き立て始めた。

弄り合いっこという言葉のとおりに、互いの性器に手と指で刺激を与え続ける。

ルヴァートのほうも気持ちがいいのか、目が合うと小さく頷かれた。

(ルヴァート様の、熱い……大きくて、握りきれないくらい……)

ティルカの手が小さいこともあるのだろうが、ルヴァートのものは持ち重りがするほどに太く、指を回しきれない。

こんなにも存在感のあるものを、いつもこの身に受け入れているのだ。男女の交わりとは、なんといやらしくも神秘的な行為なのかと、改めて思う。

その間にもルヴァートは、ティルカの中を勝手知ったる動きでまさぐっていた。

「あっ、あっ、そこ……あああっ、やだぁ……」

臍《へそ》の裏の特に弱い部分をじっくりと擦りつけられて、ひくひくと体が引き攣《つ》る。

それをしばらく繰り返されると、一度目の絶頂は呆気ないほど早くやってきた。

「うぅ、ふぁ……あ、あ、あああああっ……!」

「ああ——今、達《い》ってるね」

ぴゅっぴゅっと蜜を吐き出す肉洞《にくほら》のうねりを、ルヴァートも感じているようだった。

最後にぐるりと手首を返し、びくんと大きく震えたティルカの中から、ゆっくりと指を引き抜く。甘酸っぱく香り立つ愛液で、彼の掌《てのひら》はべとべとだった。

快感の名残が抜けきらないティルカに、ルヴァートは出し抜けに言った。

「お願いなんだけど——今日はこのまま、僕の上に乗れる？」

「私が……上？　それって……」

「感じきったティルカの声、最高に可愛いから。ティルカが自分で腰を振って、気持ちよくなるところが見たい」

「で、できません、そんなこと！」

頭の中で思い描いた体位がいやらしすぎて、ぶんぶんと首を横に振った。

と、ルヴァートが露骨に拗ねた顔をする。

「ティルカは僕のお願いをきいてくれないの？　僕が落ち込んでると思って、励まそうとしてくれたのに？」

濡れたままの人差し指が、つやつやした秘玉《ひぎょく》を逆撫でした。

そこはすでに莢《さや》から飛び出しかけていたが、さらにぐいっと肉の膜を剥かれて、根本の敏感な部分をぐりぐりされる。

「やぁああっ、だめ！　そこ、そんなにしちゃだめぇっ……」

淫玉《いんぎょく》を刺激しながら、ルヴァートはぱんぱんになった勃起まで秘裂に擦りつけた。

「ねぇ、励まして。甘やかしてよ。あったかくていやらしい、とろとろのここで」

「あああっ……わ、わかりましたから、やめて……！」

ひりひりと焼けつくような愉悦がつらくて、思わずそう叫んだあとで、ルヴァートの思惑《おもわく》に乗せられたことを知った。

(ル、ルヴァート様の馬鹿……！)

いまさらのように歯噛《はが》みするが、一度口にしたことを撤回すれば、倍掛けの仕返しをされてしまいそうな気がする。

「……上手くできなくても、怒らないでください」

前置きをして、ティルカは仕方なく腰を浮かした。

ルヴァートの胴を挟んで、長椅子の座面に膝をつく。天を突かんばかりの剛直に向けて、どうにでもなれ――と目をつぶって腰を落としたものの。

「やんっ……！」

入り口に引っかかった亀頭が、ぶるんっと撓《しな》って狙いが外れる。

その拍子にまた淫芽《いんめ》が擦れて、悲鳴をあげることになってしまった。

「目を閉じてちゃ駄目だよ。手で支えながら、ちゃんと見て。君の下の口が、美味《おい》しそうに僕のにしゃぶりつくところ」

「す……少し黙っててもらえませんか⁉」

ただでさえ恥ずかしいことをしているのに、さらなる羞恥を煽《あお》り立《た》てようとしてくるルヴァートを睨んでしまう。

とはいえ目的を達成するには、彼の言うとおりにするのが最も効率的ではありそうだった。

不本意だと赤面しながら、屹立を後ろ手に掴み、今度こそと腰を下ろしていく。

それでもまだティルカの目算は甘かった。

「……んんっ……」

肉棒の中でも一番太い部分が、大きく張り出した雁首だ。

そこで一旦引っかかり、抜くことも入れることもできずに、泣きの入った声をあげてしまう。

「こ、これ以上は無理です……」

「そんなことないよ。いつもはちゃんと入るんだから」

「でもっ……」

ルヴァートが入れてくれるのと、自分から迎えようとするのでは勝手が違う。

肉竿を半端に咥えたままの姿勢で、ティルカは弱々しく懇願した。

「お願いです、助けてください……」

「そんな潤んだ目で言われたら、仕方ないなぁ」

渋々といった様子を装いつつ、ルヴァートの表情は嬉しそうだ。

ティルカの腰を両脇から掴んで、前後にゆさゆさと揺さぶる。

「一緒にゆっくり開いていこうか。力を抜いて。息は止めちゃ駄目だよ」

「あっ……あ、あっ……」

ずぶ濡れの陰唇がぐにゅぐにゅとよじれて、ルヴァートの先端に絡んでいる。

秘玉《ひぎょく》の裏から甘い刺激が響いて、ぶるっと胴震いが走った。

「またいっぱい出てきたよ。これなら――」

陽根の表面をたらりと伝うのは、新たに湧き出したティルカの蜜だ。

潤滑剤代わりの体液を纏った雄の楔《くさび》が、ずっ……ずずっ……と少しずつ侵入を果たしていく。

「うっ……く、ぁうぅ……っ」

「あと少しだから頑張って、うん、そう――……ほら、上手だ」

ティルカの太腿が、ルヴァートの腰骨にぴたりと密着した。下腹を破られそうな圧迫感があったが、とうとう彼自身をすべて収められたのだ。

ほっと息をつく間もなく、すぐに次の試練がやってくる。

「動いて。ティルカが一番気持ちいいところに、僕のこれを自由に当ててみて」

「っ……こう、ですか……?」

命じられるまま、ティルカはぎこちなく繋がった部分を揺すってみた。

ルヴァートに抜き差しをされるときのような、鋭すぎる快感は来ない。けれど続けるうちにじわじわと、熱の集まってくる箇所があるのに気づいた。

「あ……ぁあ……あんっ、やぁ……」

「気づいた？　そこがティルカの感じる秘密の場所だよ。もっと大胆になってごらん」

手助けをするつもりか、ルヴァートはティルカの乳房を中央に寄せて、並んだふたつの乳首

を口に含んだ。

ねとねとと舌でこそげられたそこは、たちまち小石のように硬くなる。

「やぁあっ、そんな、いっぺんになんて……！」

むぐむぐと咀嚼《そしやく》するように両乳首をあやされて、深い性感に火がついた。ほとんど無意識の動きで、腰が振り立てられていく。

「んっ……んぅ、あっ……ああああっ……！」

「ティルカ……いいよ、僕もいい」

ルヴァートも感じているらしく、乳首を吸い上げながら、熱い息を谷間に浴びせてくる。

「隙間がないくらい、ねっとり吸いついて——もうすっかり僕の形を覚えてくれたんだね」

「やぁっ……ん、はっ……ひぁあっ……」

「そろそろ我慢できなくなってきた。僕からも、動くよ……！」

「あぁぁああっ⁉」

ずぐんっ！　と亀頭をせり上げられる衝撃に、ティルカは天井を仰いだ。

太くて長い雄の欲望が、遠慮会釈なく奥を穿《うが》つ。口淫《こういん》から解放された白い乳房が、ふるんふるんと上下に弾んだ。

「ああっ、あ、だめ……そんなとこまで、来ちゃだめぇ……！」

ティルカが下になって愛し合うときとは違い、自重がかかる分だけ結合はぐっと深くなる。

その状態でぬぐぬぐと膣奥を突き上げられて、肉槍が内臓にまでめり込みそうだ。

「そんなに仰《の》け反ったら、落ちるよ……っ」

身を反らすティルカの腰を引きつけ、ルヴァートはふと何かをひらめいたように笑った。

「ティルカ。僕の首にしがみついて」

「え……？」

「いいから。しっかり摑まってるんだよ」

意図が見えないまま彼の首に腕を回した瞬間、視界の高さが変わった。

鋼《はがね》のような肉鉾《にくほこ》でティルカを串刺しにしたまま、ルヴァートが立ちあがったのだ。

「ル、ルヴァート様⁉　やっ、無理です！　こんなの無理……！」

心もとない姿勢が恐ろしくて、全身の筋肉が強張《こわば》る。

同時に膣肉がきゅうきゅうと締まって、ルヴァートが息を吐いた。

「すっごい締めつけ……これは、ちょっと予想以上だ……」

「お、降ろしてください！　怖いっ……！」

「大丈夫。絶対落としたりしないから」

ティルカを支えながら、ルヴァートは寝台に向かって歩き出した。

一歩ごとに振動が脳天まで突き抜け、ぞわぞわと戦慄《せんりつ》が駆け巡る。

こんなことができるまでに体力が回復したのは結構だが、つき合わされるこっちはたまったものではない。

「はい、到着」

その言葉とともに、ティルカの体は寝台に沈んだ。普段のように、仰向けになってルヴァートを受け入れる姿勢だ。

安堵の息をついたティルカに、ルヴァートが苦笑する。

「ごめんね。いつもと違うことをして、新鮮な反応をするティルカが見たかったんだ」

「いつもどおりじゃ飽きちゃうってことですか？」

不安を覚えて問いかければ、「まさか」と即座に否定が返る。

「ティルカとなら何をしたって飽きることなんてないよ。だけど、いろんな種類の気持ちよさを君に知ってほしくて」

「……私は」

ティルカはしばし迷ったのち、思い切って伝えた。

「私は……ルヴァート様になら、何をされても気持ちがいいです。恥ずかしいことも、怖いことも、ルヴァート様となら……——あなたのことが、大好きですから」

ルヴァートは途端、顔の下半分を片手で覆った。

「どうしたんですか？」

「……見ないでくれるかな」

口元を押さえているせいで、声がくぐもっている。

その耳の色は、ティルカの頬と同じくらいに赤かった。

「ティルカがあんまり可愛くて嬉しいことを言ってくれるから、今、すごくにやついてる……見るに堪えない顔してるから、しばらくあっち向いてて」

ティルカは一瞬ぽかんとし、それから弾けるように笑った。

「ルヴァート様も、恥ずかしいって思うことがあるんですね」

どれだけ卑猥な行為をしても常に平然としている彼が、ティルカの『大好き』のひと言で、こんなふうになってしまうなんて。

「ちょっと、笑わないで……腰に響くから……あぁ、もうっ！」

ティルカの肩を、ルヴァートは両手で強く押さえつけた。

すかさずその顔を確かめたが、わざと怒ったように眉を吊り上げていて、『見るに堪えない』表情は見られなかった。

「この先は手加減なしだからね」

「えっ、あの……ぁ、ああ、やあぁんっ……！」

照れ隠しのように乱暴な突き上げが来て、ティルカは嬌声を放った。

ぎりぎりまで引かれた肉棒が、勢いをつけて再び根本まで押し込まれる。ぶちゅぶちゅと生々しい水音が立ち、快感だけを追いかけるように激しく腰を打ちつけられた。

「ふっ、ん……あ……んっ、あぁぁ、ああ！」

「ティルカ……あぁ、ティルカ……」

切なげな声で名前を呼ばれて、胸が引き絞られる。

広くてたくましいルヴァートの背中に、ティルカは無意識に爪を立てた。

もっと近く。もっと奥まで。

互いの体の境界線などなくなるほどに、深く深く溶けて交じり合ってしまいたい。

「っ……いい加減、持っていかれそうだ……ティルカ、僕と一緒に達ける……？」

口を開けば喘ぎ声しか出てこないから、ティルカは無我夢中で頷いた。ただでさえ苛烈な抽挿が、さらに振り切れるようなものになる。

「ああん、奥……やぁっ、擦れてっ……」

大きな質量を誇るもので何度も膣奥を押し上げられて、雲の上に浮いているような心地がしてきた。

にゅぐにゅぐとうねる蜜洞《みつほら》は、ルヴァート自身を深々と受け入れて、二度と離したくないというように根本から絞りあげる。

硬い胸板に双乳《そうにゅう》が潰され、乳首が痛むほどに擦れて、陰核までも押し潰されて——いたるところで疼いていた快感が、ある瞬間、ひとつになって弾け散った。

「ああ、あ、いく……いくぅ……——っ……！」

これまでにないほどの歓喜に、全身ががくがくと躍動する。

あられもなくよがり泣きながら、ティルカは鮮烈な極みの果てに放り出された。

小刻みな蠕動《ぜんどう》をいつまでも繰り返す姫孔《ひめあな》の奥で、肉棒を限界までねじ込んだルヴァートが、熱い迸《ほとばし》りを飛沫《しぶ》かせた。

どちらのものかわからない鼓動が、重なった体の間でどくどくと大きく鳴っている。昂《たかぶ》ったその音が落ち着くまで、二人は抱き合ったままでいた。

「ほんっと……今日のティルカ、いやらしすぎ」

「そんなの、ルヴァート様だって――」

軽口を叩《たた》き合《あ》いながら、情熱の名残を引きずったキスを交わし合う。

「このままもう一回したいって言ったら、怒る？」

許しを乞うように尋ねながらも、その手はティルカの胸を巧みに撫で回していた。

「もう……今夜だけ、特別ですよ？」

欲しいとなったら我慢のきかない子供のようなルヴァートに苦笑し、再び膨らんでいく官能の予感に身を任せて。

誰より愛しい人に求められる幸福と、体力の限界の狭間で、ティルカは一晩中翻弄される羽目になったのだった。

エピローグ　聖夜祭の幸福

――一年後。

「あっ、ルヴァート様、見てください。今、私に向かって笑いかけてくれました！」

「本当だね。可愛いなぁ」

「ええ。それに、とってもいい匂いです」

胸に抱いた赤ん坊に顔を近づけ、ティルカはすんすんと鼻をうごめかせた。

ほのかな汗とミルクの混ざった香りは、どうしてこんなにも人を幸せにするのだろう。

「僕も抱いてみていいかな」

「落とさないでくださいね。まだ首が座っていませんから、ちゃんと支えてあげてください」

ティルカの差し出した赤ん坊を、ルヴァートは真剣な顔つきで抱き取った。

「こうかな？　こんな感じ？」

「そうです。お上手ですよ、ルヴァート様。シャーロット様もこんなにご機嫌です」

ルヴァートに抱かれた赤ん坊は、涎《よだれ》でつやつやした口元をにぱぁっと笑わせた。

まだなんの穢《けが》れも知らない無垢《むく》な瞳が、寄り添って微笑む若夫婦を映している。

「そうしてると、まるでお二人がシャーロット様のご両親のように見えますよ」

口を挟むのは、産後の体にいいというハーブティーを淹《い》れているシオンだった。

彼からカップを受け取ったコーデリアが、長椅子の上で軽く唇を尖らせる。

「嫌だわ、大変な思いをして産んだのは私なのに。ルヴァートたちが両親だっていうなら、私がシャーロットのおばあちゃんで、陛下がおじいちゃんみたいに見えるってことかしら」

「そ、そんなつもりじゃありませんって！」

わたわたと弁解するシオンに、「冗談よ」とコーデリアが返して、その場は朗らかな笑いに包まれた。

「それにしても、まさか今になって新たな子を得られるとは思わなかったな」

コーデリアの隣に座った国王が、シャーロットを見つめて相好を崩す。

幸せそうな国王夫妻の姿に、ティルカは胸がいっぱいになった。

（本当に、シャーロット様が無事に生まれてきてよかった――……）

嘘から出たまことことは、まさにこのような場合のことを言うのだろう。

子供ができないことに長年悩んでいたコーデリアだが、アティウスを謀《たばか》るために妊娠した芝居をしたあと、本当に身籠っていたことが発覚したのだ。

周囲も驚いたが、誰よりびっくりしていたのがコーデリア当人だ。

何かの間違いではないかと何度も医者に確かめたのち、ここ数年、何気なく呑み続けていた東洋の茶が体質改善に役立ったのではないかと言われて、ようやく喜びに泣き噎《むせ》んだ。

その後の経過も順調で、健康な赤ん坊を出産したのが、ちょうど三ヶ月前のこと。

生まれたのはたまたま女の子だったが、もし男児であればその子の臣下として仕えるつもりだと、ルヴァートは義母の懐妊がわかったときから言っていた。

ルヴァートにとって重要なのは、自身が君主となって権力を行使することではない。この国をよりよくするために尽力できれば、立場がどうだろうといっこうに構わないのだった。

そんな異母兄とは決して相容《あいい》れないアティウスは、数度にわたる裁判の結果、表向きは遊学という名の国外追放処分が課せられた。

公爵の位を剥奪《はくだつ》された祖父と、母親のジャクリーンも同様で、彼らは二度とこの国の土を踏むことはないだろう。

それらの出来事が落ち着いたのち、ルヴァートは王太子として華麗な復活を果たした。

不遇の日々を支え続けた健気な花嫁の逸話も広まり、ルヴァートとティルカとの結婚は、民たちの熱狂的な支持と祝福を受けた。

豪奢《ごうしゃ》なウエディングドレスに身を包み、衆目の中でキスを交わした婚礼の記憶は、恥ずかしくも大切なティルカの一生の思い出だ。

宮廷内では、誰もが諸手《もろて》をあげて歓迎しているわけではないだろうが、これから時間をかけて信頼を得ていけばいいことだと前向きに考えている。

（だって、私にはたくさんの味方がいるんだから。ルヴァート様と、シオンさんと、国王ご夫妻と――……それに）

「そろそろ時間だけど、出発の準備をしなくていいの？」

コーデリアの言葉に、ルヴァートが居間の時計を見やった。

「本当だ。急がないといけないな」

歳の離れた異母妹《シャーロット》をコーデリアに返して、ルヴァートはティルカを振り返った。

「本当に君も行くの？」

「もちろんです」

気遣うように尋ねられ、ティルカは笑顔で頷いた。

「院長先生にも子供たちにも、久しぶりに会えると思うと嬉しくて。お土産のマフィンも、お城の厨房を借りてたくさん作ったんですよ」

今日は年に一度の聖夜祭で、ティルカとルヴァートは、二人が初めて出会った孤児院へ慰問に出向く予定になっていた。

「仮にも王太子妃が、使用人に混ざってお菓子作りっていうのはどうなんですかねぇ」

「あら、構わないじゃない。ティルカちゃんの作ってくれるお菓子はとっても美味しいもの」

シオンとコーデリアがやりとりする横で、ルヴァートだけが心配そうな顔をしたまま、ティルカの背に外套《がいとう》を羽織らせた。

「絶対に無理をしないで。気分が悪くなったら、すぐに言うんだよ」

「大丈夫です。ありがとうございます」

下腹を庇うように手を当てて、ティルカは微笑んだ。

コーデリアに続き、ティルカも妊娠していることがわかったのは、シャーロットが生まれる少し前だ。

子育て仲間ができたとコーデリアは喜び、国王も初孫が生まれると浮き足立ったが、ルヴァートは終始はらはらしていて、可能な限りティルカのそばを離れようとしない。

彼に手を取られて城の前庭に向かい、手土産のマフィンが詰まったバスケットとともに、ティルカは馬車に乗り込んだ。

「すごくいい匂いがする」

動き出す馬車の中で、ルヴァートがバスケットを覗き込んだ。

「今日は忙しくて、昼食を食べ損ねちゃったんだ。ひとつもらっても構わない？」

「いっぱいあるので大丈夫ですけど……あ、でも、それは！」

止める間もなくルヴァートが齧《かじ》りついたのは、ペースト状のニンジンを練り込んだマフィンだった。

顔をしかめるかと思いきや、ルヴァートはぺろりと平らげ、満足そうに言った。

「うん、美味しい。やっぱりティルカの手作りは最高だね」

「平気なんですか？　それ、ニンジン……」

「もうすぐお父さんになるのに、子供の前で好き嫌いがあったら恰好がつかないだろう？」

片目を閉じるルヴァートに、ティルカは一瞬呆気にとられ、それから声を立てて笑った。

生まれてくる前から、父親の頑固な偏食を治してしまうなんて、この子はなかなか大したものだ。

「最大の苦手を克服したご褒美をもらっていいかな、奥さん？」

「ええ、あなた」

ルヴァートに肩を抱き寄せられ、ティルカはくすくすと笑った。

互いの眼差しが絡み、鼻先が触れて、最後に唇が重なる。

砂糖とバターの香りが漂う中、菓子より甘美な口づけは、やがて馬車が停まるまで幾度となく繰り返されることになるのだった。

あとがき

こんにちは、もしくは初めまして。こちらのレーベルでは初のお目見えになります、葉月・エロガッパ・エリカです。

どこかのヒーローじゃありませんが、いい歳をして子供舌で、苦手な食材は生タマネギとピーマンとししとうです。どれも辛いし、苦いじゃん……。

そんな流れからではありますが、蜜猫文庫さん、創刊四周年おめでとうございます！

記念すべき刊行月に書かせていただけたことを、とても光栄に思っています。

さて、『人間不信な王子様に嫁いだら、執着ワンコと化して懐かれました』について。

実は今回、自分でプロットを組んでおきながら、

「なんつーややこしい設定にしたんじゃ、ゴルァ……！」

と己の胸倉を揺さぶりたい思いに何度も駆られました。

内容を読んでいただければわかるのですが、ヒーローのナニがアレでごにょごにょごにょ……な事情が、前半いっぱい続きます。

桃色シーンが売りの小説で、この設定は致命的だし、どうやって甘い雰囲気を醸すわけ？

しかもこの王子様、やさぐれてるしー……とぼやくエロガッパ自身が、一番やさぐれてました。

しかしそこは、主人公であるティルカちゃんに頑張ってもらって。

庶民ヒロインのド根性で、ひたすら前向きアタック、アタック！　さぁどうだ、絆《ほだ》されやがれ、この引きこもり王子め……！　とぜいぜいしながら書き進め、なんとかラストまで辿り着いた次第です。

最初は面倒臭げに見えるルヴァートですが、根は優しい好青年です。それがティルカと付き合うことで、ちょっぴり意地悪＋甘えたがり属性が目覚めました。

もちろんヒーローとしてのお仕事を果たすべく、ごにょごにょごにょ……な状況下でも、彼はあれこれと工夫をこらしてくれています。しかし、部下に○○を買いにいかせるのは、さすがにどうかと思う。どういう名目で経費計上するんだろう。

書き終えてみれば、脇役のシオンやコーデリアのおかげもあって、それなりにわちゃわちゃ楽しいお話になったのではと思います。読者の皆様に楽しんでいただければ幸いです。


最後になりましたが、恒例の謝辞です。

挿絵を担当してくださいました、Ｃｉｅｌ様。

以前に他社のお仕事でもご一緒させていただきましたが、このたびも華麗なイラストで拙作を彩ってくださり、心から感謝しております。

ティルカはとても可憐だし、ルヴァートは色気があってかっこよく、甘い雰囲気で寄り添う表紙の二人に見惚れました。お忙しい中、本当にありがとうございました。


お声をかけてくださいました担当様。

明るめのお話を、というご依頼に反する設定のプロットをあげてしまったため、試行錯誤のお時間をいただき、大変申し訳ありませんでした。結果的に、どうにかラブコメになった……かな？　今後ともどうぞよろしくお願いします。


医学的な疑問のあれこれに答えてくれた、お医者さんの友人M。

お仕事と子育てに忙しい中、

「ヒーローがこれこれこういう状態なんだけど、実はこうでこうだった……みたいな症例って、ありえる？」

という質問に、

「レアケースだけど、ないことはないよー。でも結局、現実じゃありえないにしても、お話なんだからなんでもありだよ」

と、作家よりも作家らしい答えをありがとう！　またそのうちゆっくりご飯しようね。

本作をお手に取ってくださった読者様。

初レーベルでのお仕事はいつもドキドキしますが、「予約します」「読みました」といった声に背中を押していただいてます。本当にありがとうございます。

この本が出る頃は、少しずつ寒さも薄らいでいる頃でしょうか。最後まで油断することなく、風邪やインフルエンザの予防にお努めください（現在思いっきり風邪をひいて、声をガラガラに嗄らしたエロガッパからの忠告です）。

それでは、また別の作品でお目にかかれますように。

二〇一八年　一月

葉月　エリカ

若き皇帝は虜の新妻を溺愛する
麻生ミカリ
Illustration yos
僕のすべてを受け入れて、
僕だけのものになって
継母である王妃に疎まれ、大国ニライヤド帝国に人質として差し出されたエレインは、忍び込んできた美しい少年、シスと知り合い心を交わすようになる。「僕は、何をしても許される立場にある」優しく彼女の唇や肌に触れてくる彼に悦びを覚えつつ思い惑うエレイン。高貴さを漂わせるシスは、恐らく帝国の高位貴族であり自分とは釣り合うまい……だがシスこそがこの帝国の皇帝であり、彼女を正妃にしようとしていると知って!?

すずね凜
Illustration 天路ゆうつづ
ママになっても溺愛されてます
孤独な侯爵と没落令嬢のマリッジロマンス
私が守る。
私がお前たちを幸せにする
子供は持たないと言うドラクロア侯爵、ジャン＝クロードと恋仲だったリュシエンヌは、ひそかに産んだ彼の子と静かに暮らしていた。だが難病にかかった娘、ニコレットの手術に多額な費用が必要になり再びジャンを訪ねる。彼はリュシエンヌが自分の愛人になることを条件に援助を承知した。「いい声で啼く。もっと聞かせろ」真実を告げられず、もどかしく思うリュシエンヌ。だがニコレットの愛らしさにジャンの態度も軟化し!?

蜜猫 Mitsuneko Label

蜜猫文庫をお買い上げいただきありがとうございます。
この作品を読んでのご意見・ご感想をお聞かせください。
あて先は下記の通りです。

〒102-0072　東京都千代田区飯田橋 2-7-3
(株)竹書房　蜜猫文庫編集部
葉月エリカ先生 /Ciel 先生

人間不信な王子様に嫁いだら、執着ワンコと化して懐かれました

2018 年 3 月 1 日　初版第 1 刷発行

著　者　葉月エリカ

発行者　後藤明信

発行所　株式会社竹書房
〒102-0072 東京都千代田区飯田橋 2-7-3
電話　03(3264)1576(代表)
03(3234)6245(編集部)

デザイン　antenna

印刷所　中央精版印刷株式会社

Printed in JAPAN
ISBN978-4-8019-1388-2　C0193
この作品はフィクションです。実在の人物・団体・事件などには関係ありません。